D1570666

# DU MÊME AUTEUR

*Aux Éditions Gallimard*

LA PLACE DE L'ÉTOILE, *roman*. Nouvelle édition revue et corrigée en 1995 («Folio», n° 698).

LA RONDE DE NUIT, *roman* («Folio», n° 835).

LES BOULEVARDS DE CEINTURE, *roman* («Folio», n° 1033).

VILLA TRISTE, *roman* («Folio», n° 953).

EMMANUEL BERL, INTERROGATOIRE *suivi de* IL FAIT BEAU, ALLONS AU CIMETIÈRE. Interview, préface et postface de Patrick Modiano («Témoins»).

LIVRET DE FAMILLE («Folio», n° 1293).

RUE DES BOUTIQUES OBSCURES, *roman* («Folio», n° 1358).

UNE JEUNESSE, *roman* («Folio», n° 1629; «Folio Plus», n° 5, avec notes et dossier par Marie-Anne Macé).

DE SI BRAVES GARÇONS («Folio», n° 1811).

QUARTIER PERDU, *roman* («Folio», n° 1942).

DIMANCHES D'AOÛT, *roman* («Folio», n° 2042).

UNE AVENTURE DE CHOURA, *illustrations de Dominique Zehrfuss* («Albums Jeunesse»).

UNE FIANCÉE POUR CHOURA, *illustrations de Dominique Zehrfuss* («Albums Jeunesse»).

VESTIAIRE DE L'ENFANCE, *roman* («Folio», n° 2253).

VOYAGE DE NOCES, *roman* («Folio», n° 2330).

UN CIRQUE PASSE, *roman* («Folio», n° 2628).

DU PLUS LOIN DE L'OUBLI, *roman* («Folio», n° 3005).

DORA BRUDER («Folio», n° 3181; «La Bibliothèque Gallimard», n° 144).

DES INCONNUES («Folio», n° 3408).

LA PETITE BIJOU, *roman* («Folio», n° 3766).

ACCIDENT NOCTURNE, *roman* («Folio», n° 4184).

UN PEDIGREE («Folio», n° 4377).

*Suite des œuvres de Patrick Modiano en fin de volume*

# CHEVREUSE

# PATRICK MODIANO

# CHEVREUSE

roman

GALLIMARD

*Il a été tiré de l'édition originale de cet ouvrage cent quatre-vingts exemplaires sur vélin rivoli des papeteries Arjowiggins numérotés de 1 à 180.*

*En page 11 : citation extraite de « Requiem sur la mort d'un enfant », traduit de l'allemand par Roger Munier, in* D'autres astres, plus loin, épars, *sous la direction de Philippe Jaccottet.*
© *La Dogana, 2005.*

*Pour Dominique*

Que de noms n'ai-je pas gravés dans ma mémoire
«chien» ou «vache» ou «éléphant»
Il y a déjà si longtemps, je ne les reconnais que
de très loin,
et même le zèbre – hélas, et tout cela pour quoi?

RAINER MARIA RILKE

Bosmans s'était souvenu qu'un mot, Chevreuse, revenait dans la conversation. Et, cet automne-là, une chanson passait souvent à la radio, interprétée par un certain
Serge Latour. Il l'avait entendue dans le petit restaurant
vietnamien désert, un soir qu'il était en compagnie de
celle que l'on appelait « Tête de mort ».

*Douce dame*
*Je rêve souvent de vous…*

Ce soir-là, « Tête de mort » avait fermé les yeux, apparemment troublée par la voix de l'interprète et les
paroles de la chanson. Ce restaurant à la radio toujours
allumée sur le comptoir était situé dans l'une des rues
entre Maubert et la Seine.

D'autres paroles, d'autres visages, et même des vers
qu'il avait lus à cette époque, se bousculaient dans sa
tête – des vers si nombreux qu'il ne pouvait pas tous les
noter :

«La boucle de cheveux châtains...» «... Du boulevard de la Chapelle, du joli Montmartre et d'Auteuil...»

Auteuil. Voilà un nom qui sonnait d'une drôle de façon pour lui. Auteuil. Mais comment mettre en ordre tous ces signaux et ces appels en morse, venus d'une distance de plus de cinquante ans, et leur trouver un fil conducteur?

Il notait au fur et à mesure les pensées qui traversaient son esprit. En général le matin ou en fin d'après-midi. Il suffisait d'un détail qui aurait paru dérisoire à un autre que lui. C'était cela: un détail. Le mot «pensée» ne convenait pas du tout. Il était trop solennel. Une quantité de détails finissaient par remplir les pages de son cahier bleu et, à première vue, ils n'avaient aucun lien les uns avec les autres et, dans leur brièveté, ils auraient été incompréhensibles à un lecteur éventuel.

Plus ils s'accumulaient sur les pages blanches en lui semblant décousus, plus il aurait de chances par la suite – il en était sûr – de tirer les choses au clair. Et leur caractère en apparence futile ne devait pas le décourager.

Son professeur de philosophie lui avait confié jadis que les différentes périodes d'une vie – enfance, adolescence, âge mûr, vieillesse – correspondent aussi à plusieurs morts successives. De même pour les éclats de souvenirs qu'il tâchait de noter le plus vite possible: quelques images d'une période de sa vie qu'il voyait défiler en accéléré avant qu'elles ne disparaissent définitivement dans l'oubli.

Chevreuse. Ce nom attirerait peut-être à lui d'autres noms, comme un aimant. Bosmans répétait à voix basse: «Chevreuse». Et s'il tenait le fil qui permettait de ramener à soi toute une bobine? Mais pourquoi Chevreuse? Il y avait bien la duchesse de Chevreuse, qui figurait dans les *Mémoires* du cardinal de Retz, long-temps l'un de ses livres de chevet. Un dimanche de janvier de ces années lointaines, en descendant d'un train bondé qui revenait de Normandie, il avait oublié sur la banquette du compartiment le volume en papier bible et à couverture blanche, et il savait qu'il ne se consolerait jamais de cette perte. Le lendemain matin, il s'était rendu gare Saint-Lazare et il avait erré dans la salle des pas perdus, la galerie marchande, et il avait fini par découvrir le bureau des objets trouvés. L'homme au comptoir lui avait remis tout de suite le volume des *Mémoires* du cardinal de Retz, intact, avec, bien visible, le marque-page rouge à l'endroit où il avait interrompu sa lecture de la veille, dans le train.

Il était sorti de la gare en enfonçant le livre dans l'une des poches de son manteau, de crainte de le perdre de nouveau. Un matin ensoleillé de janvier. La terre continuait de tourner et les passants de marcher de leur pas tranquille autour de lui – du moins dans son souvenir. Passé l'église de la Trinité, il arrivait au bas de ce qu'il appelait « les premières pentes ». Il suffisait maintenant de suivre le chemin habituel en montant vers Pigalle et Montmartre.

*

Dans l'une des rues du Montmartre de ces années-là, il avait croisé, un après-midi, Serge Latour, celui qui chantait *Douce dame*. Cette rencontre – à peine quelques secondes – avait été un détail si infime dans sa vie que Bosmans s'étonnait qu'il lui revienne en mémoire.

Pourquoi donc Serge Latour ? Il ne lui avait pas adressé la parole, et d'abord qu'est-ce qu'il aurait bien pu lui dire ? Qu'une amie, « Tête de mort », avait l'habitude de fredonner sa chanson *Douce dame* ? Et lui demander si, pour le titre de cette chanson, il ne s'était pas inspiré d'un poète et musicien du Moyen Âge nommé Guillaume de Machaut ? Trois disques quarante-cinq tours chez Polydor la même année. Depuis, il ignorait ce qu'était devenu Serge Latour. Peu après cette rencontre furtive, il avait entendu dire par quelqu'un à Montmartre que Serge Latour « voyageait au Maroc, en Espagne et à Ibiza », comme il était courant de le faire à l'époque. Et cette remarque, dans le brouhaha des conversations, était restée en suspens pour l'éternité, et il l'entendait encore aujourd'hui après cinquante ans, aussi nette que ce soir-là, prononcée par une voix qui resterait toujours anonyme. Oui, qu'avait bien pu devenir Serge Latour? Et cette amie étrange que l'on surnommait « Tête de mort » ? Penser à ces deux personnes suffisait à lui rendre encore plus sensible la poussière – ou plutôt l'odeur du temps.

À la sortie de Chevreuse, un tournant, puis une route étroite, bordée d'arbres. Après quelques kilomètres, l'entrée d'un village et bientôt vous longiez une voie ferrée. Mais il ne passait que très peu de trains. L'un vers cinq heures du matin, qu'on appelait « le train des roses », car il convoyait cette variété de fleurs, des pépinières de la région jusqu'à Paris ; l'autre train à vingt et une heures quinze précises. La petite gare semblait abandonnée. Sur la droite, en face de la gare, une allée en pente qui longeait un terrain vague menait à la rue du Docteur-Kurzenne. Un peu plus à gauche, dans cette rue, la façade de la maison.

Sur la vieille carte d'état-major, les distances ne correspondaient pas aux souvenirs que gardait Bosmans. Dans ces souvenirs, Chevreuse n'était pas aussi éloignée de la rue du Docteur-Kurzenne que sur la carte. Derrière la maison de la rue du Docteur-Kurzenne, trois jardins en espalier. Dans le mur d'enceinte du jardin le plus haut s'ouvrait une porte de fer rouillé, sur une clairière, puis un domaine dont on disait qu'il était celui du château de Mauvières, à quelques kilomètres de là. Et, souvent, Bosmans s'était enfoncé assez loin, par les sentiers de la forêt, mais sans jamais atteindre le château.

Si la carte d'état-major contredisait sa mémoire des lieux, c'était sans doute qu'il avait fait plusieurs passages dans la région à des périodes différentes de sa vie et que le temps avait fini par raccourcir les distances. D'ailleurs, on disait que le garde-chasse du château de Mauvières avait habité, jadis, la maison de la rue du Docteur-Kurzenne. Et voilà pourquoi cette maison avait depuis toujours été pour lui comme un poste-frontière, la rue du Docteur-Kurzenne marquant la lisière d'un domaine, ou plutôt d'une principauté de forêts, d'étangs, de bois, de parcs, nommée : Chevreuse. Il tentait de reconstituer à sa manière une sorte de carte d'état-major, mais avec des trous, des blancs, des villages et de petites routes qui n'existaient plus. Les trajets lui revenaient peu à peu en mémoire. L'un d'eux, en particulier, lui semblait assez précis. Un trajet en voiture, dont le point de départ était un appartement aux alentours de la porte d'Auteuil. Quelques personnes s'y réunissaient en fin d'après-midi, et souvent dans la nuit. Ceux qui, à première vue, y habitaient en permanence étaient un homme d'une quarantaine d'années, un petit garçon qui devait être son fils, et une jeune fille servant de gouvernante. Celle-ci et l'enfant occupaient la chambre du fond de l'appartement.

Une quinzaine d'années plus tard, Bosmans avait cru

reconnaître cet homme, un peu vieilli, seul, à travers la vitre d'un restaurant Wimpy des Champs-Élysées. Il était entré dans le restaurant et s'était assis à côté de lui, comme on le faisait souvent dans les self-services. Il aurait aimé lui demander certaines explications, mais il avait un brusque trou de mémoire : il ne se souvenait plus de son nom. D'ailleurs, l'allusion à l'appartement d'Auteuil et aux personnes que Bosmans y avait croisées autrefois risquait d'embarrasser cet homme. Et l'enfant, qu'était-il devenu ? Et la jeune fille qui s'appelait Kim ? Ce soir-là, dans le Wimpy, un détail avait attiré son attention : cet homme portait à son poignet une grande montre avec de multiples cadrans dont Bosmans ne pouvait pas détacher les yeux. L'autre s'en aperçut et appuya sur un bouton, au bas de la montre, qui déclencha une sonnerie légère, faite sans doute pour le réveil. Il lui souriait, et son sourire, cette montre et cette sonnerie lui évoquèrent un souvenir d'enfance.

C'était «Tête de mort» qui l'avait entraîné un soir dans l'appartement d'Auteuil. Ce surnom, qu'elle portait bien avant qu'il la connaisse, on le lui avait donné à cause de son sang-froid et parce qu'elle restait souvent taciturne et impénétrable.

De sa voix douce, il lui arrivait de dire pour se présenter : «Vous pouvez m'appeler "Tête de mort".» Son vrai prénom était Camille. Et, chaque fois qu'il pensait à elle, Bosmans hésitait à écrire Camille ou «Tête de mort». Il préférait Camille.

Au début, il ne comprenait pas très bien ce qui liait toutes les personnes qu'il voyait dans l'appartement d'Auteuil. S'y rencontraient-elles grâce au «réseau», un numéro de téléphone désaffecté par lequel plusieurs voix, sous des pseudonymes, se donnaient des rendez-vous ? Camille dite «Tête de mort» lui avait parlé de ce «réseau» et du numéro de téléphone désaffecté AUTEUIL 15.28 qui, par une étrange coïncidence, était, lui avait-elle dit, l'ancien numéro de l'appartement.

Et celui-ci, malgré la présence fugitive de l'enfant et de la jeune fille dans la chambre du fond, ne semblait pas tout à fait habité, mais plutôt servir de point de rendez-vous et de lieu destiné à de brèves rencontres.

Parmi les personnes réunies dans le salon, une pièce meublée de trois grands divans très bas et dont une double porte s'ouvrait curieusement sur une salle de bains, parmi ces personnes qui n'étaient plus que des ombres dans son souvenir, à cause de la lumière toujours trop faible de l'appartement, Camille dite « Tête de mort » lui avait présenté une amie, une certaine Martine Hayward qu'elle paraissait connaître depuis longtemps.

Une fin d'après-midi d'été, et le jour se prolongerait jusqu'à dix heures du soir. Ils avaient quitté tous les trois l'appartement. Une voiture était garée un peu plus haut dans la rue, la voiture de Martine Hayward. « Tête de mort » avait pris place au volant. Ce surnom ne lui correspondait pas vraiment, mais elle tenait à le conserver à cause d'un certain humour noir qui était le sien.

« Ça ne vous dérange pas si nous allons du côté de la vallée de Chevreuse ? lui avait dit Martine Hayward, assise sur la banquette arrière à côté de lui. Juste un aller-retour. »

Pendant une grande partie du trajet, Camille avait gardé le silence.

« Nous sommes entrés dans la vallée de Chevreuse », avait dit Camille, cette fin d'après-midi-là, en se tournant vers lui. Le paysage avait changé comme si l'on avait franchi une frontière. Et par la suite, chaque fois qu'il suivrait le même itinéraire depuis Paris et la porte d'Auteuil, il éprouverait la même sensation : celle de glisser dans une zone fraîche que les feuillages des arbres protégeaient du soleil. Et l'hiver, à cause de la neige plus abondante qu'ailleurs dans cette vallée de Chevreuse, on croyait suivre de petites routes de montagne.

À quelques kilomètres de Chevreuse, Camille dite « Tête de mort » s'était engagée dans un chemin forestier, à l'entrée duquel se dressait un panneau de bois qui portait cette inscription à moitié effacée : « Auberge du Moulin-de-Vert-Cœur ». Une flèche indiquait la direction à suivre.

Elle avait garé la voiture devant un grand bâtiment à colombages. Sur son flanc, une salle de restaurant avec des baies vitrées. Martine Hayward était sortie de la voiture.

« J'en ai pour un instant. »

Ils étaient restés un moment à leur place, Camille et lui. Et comme Martine Hayward tardait à revenir, ils étaient sortis à leur tour de la voiture.

Camille lui avait expliqué que le mari de Martine Hayward tenait cette auberge du Moulin-de-Vert-Cœur, mais l'établissement avait périclité – trop de complications administratives et de frais d'entretien, des dettes, pas assez de clients et, de toute façon, le mari de Martine Hayward n'avait rien d'un hôtelier ni d'un restaurateur professionnel. On avait dû fermer l'hôtel, puis le restaurant. Ce n'était plus qu'un bâtiment délabré, l'air d'une villa normande égarée au fond de la vallée de Chevreuse. Une vitre manquait à l'une des baies du restaurant.

Bosmans avait questionné Camille concernant cet Hayward, mais elle lui répondait de manière évasive. En ce moment, il était à l'étranger et il reviendrait bientôt en France. Pendant son absence, il était difficile pour Martine Hayward de rester seule dans ce grand bâtiment abandonné. Camille lui avait proposé de s'installer près d'elle dans l'une des quinze chambres vides, en attendant le retour de son mari, mais entre-temps Martine Hayward avait trouvé à louer une petite maison aux environs.

Elle réapparaissait, une valise de cuir noir à la main, et posait cette valise sur le perron pour donner un tour de clé à la porte d'entrée en bois massif, comme si elle était la dernière cliente, chargée de fermer pour toujours l'auberge du Moulin-de-Vert-Cœur.

*

Camille reprit sa place au volant. Et Martine Hayward, sur la banquette arrière, à côté de lui.

« Maintenant, je vais te montrer le chemin », avait-elle dit.

Il fallait rejoindre la route et la suivre vers l'est jusqu'à Toussus-le-Noble. Il sembla brusquement à Bosmans que ce nom lui était familier, sans savoir très bien pourquoi.

Quand ils longèrent l'aérodrome, tout s'éclaira. Le nom «Toussus-le-Noble» lui évoqua un meeting aérien auquel il avait assisté, un dimanche, dans son enfance. À moins que ce ne fût à Villacoublay, l'autre aérodrome, très proche. Il n'avait pas en tête la carte précise de la région, mais pour lui ces deux aérodromes marquaient la frontière de la vallée de Chevreuse. D'ailleurs, après Toussus-le-Noble, la lumière n'était plus la même, et l'on entrait dans une autre région dont la vallée de Chevreuse était l'arrière-pays.

«Encore un petit détour et nous revenons à Paris», lui avait dit Martine Hayward, comme pour s'excuser.

Ils arrivèrent à Buc. Bosmans eut un coup au cœur. Ce nom qu'il avait oublié, ce nom si bref et si clair, on aurait dit qu'il le réveillait brutalement d'un long sommeil. Il eut envie de leur confier qu'il avait vécu par ici, mais cela ne les regardait pas.

À l'entrée du village suivant, Bosmans reconnut aussitôt le bâtiment de la mairie et le passage à niveau. «Tête de mort» franchit le passage à niveau et prit la grande rue jusqu'à la place de l'église. Elle s'arrêta devant l'église où il avait été enfant de chœur, une nuit de Noël. Martine Hayward dit qu'il valait mieux faire demi-tour et suivre la voie ferrée. On finirait bien par trouver la gare et le chemin, en face, comme on le lui avait indiqué.

Le jardin public longeait les rails. Les barrières en béton et les taillis qui le séparaient de la route n'avaient pas changé. Bosmans était revenu quinze ans en arrière, comme si une période de son enfance allait recommencer. Pourtant, le jardin public était beaucoup plus petit que celui de ses souvenirs, où on l'emmenait jouer pendant les vacances, l'été, à la tombée de la nuit. La gare aussi lui parut minuscule, et sa façade décrépite lui fit comprendre que le temps avait passé.

Camille engagea la voiture dans l'allée en pente. Alors, il sentit son cœur battre. À gauche, le terrain vague méritait encore qu'on l'appelât « la forêt vierge », comme du temps où il s'y enfonçait jusqu'à s'y perdre avec ses camarades de l'école Jeanne-d'Arc. La végétation y était encore plus dense.

Elle arrêta la voiture au coin de la rue du Docteur-Kurzenne. Une femme au chemisier noir attendait devant la porte en fer et les grilles du numéro 38. Martine Hayward lui faisait signe et marchait vers elle. La femme avait sous son bras un dossier. À son tour, Camille sortait de la voiture et, lui, il demeurait assis sur la banquette arrière. Mais quand il vit la femme tirer un trousseau de clés de son sac à main et ouvrir la porte de fer, il décida de les rejoindre. Ainsi, il en aurait le cœur net. Il se répétait à lui-même cette expression, « le cœur net », pour comprendre ce qu'elle signifiait vraiment, et peut-être aussi pour se donner du courage.

Martine Hayward le présentait à la femme au chemisier noir : « Un ami, Jean Bosmans », et Camille se tournait vers lui en souriant : « C'est la dame de l'agence immobilière. » Mais de se tenir après tant d'années devant cette maison lui causait un léger étourdissement.

Il les suivait jusqu'aux marches du perron. La femme au chemisier noir ouvrait d'un tour de clé la porte d'entrée qui n'avait pas changé en quinze ans. Toujours sa couleur bleu pâle et, en son centre, la fente de métal doré de la boîte aux lettres. Elle s'écartait pour laisser le passage à Camille et à Martine Hayward. Et à lui aussi. Il hésita quelques secondes avant de leur dire qu'il les attendrait dehors.

Et il s'était retrouvé seul, de l'autre côté de la rue, face à la maison. Presque sept heures du soir. Le soleil était assez fort, comme à la fin de ces journées d'été où il avait joué dans la grande étendue d'herbes hautes, autour du château en ruine, et suivi la rue pour rentrer à la maison. Ces fins d'après-midi-là, le silence était si profond autour de lui qu'il entendait le claquement régulier de ses sandales sur le trottoir.

Il était revenu sous le même soleil et dans le même silence. Il aurait voulu rejoindre les trois autres dans la maison mais il n'en avait pas le courage. Ou faire quelques pas le long de l'allée en pente pour vérifier si le saule pleureur occupait encore la même place derrière le grand portail sur la gauche, mais il préférait attendre là, immobile, plutôt que de marcher sans but dans un village abandonné. Et puis, il finissait par se persuader qu'il rêvait, comme l'on rêve de certains lieux où l'on a vécu autrefois. Et ce rêve, il pouvait heureusement l'interrompre à l'instant où il le voudrait.

Elles sortaient toutes les trois de la maison, la femme au chemisier noir en tête. Et lui, il éprouvait une brusque inquiétude : il assistait à la fin d'une perquisition et elles ignoraient qu'il habitait là. Sinon, elles lui auraient demandé des comptes. Mais Camille lui faisait un signe du bras en souriant. Il ne s'agissait que d'une banale visite d'une maison à louer qui n'était plus la même que celle d'autrefois. On avait dû changer la disposition des chambres, abattre des cloisons et peindre les murs d'une autre couleur. Et, dans cette maison, il ne restait plus aucune trace de lui.

La femme au chemisier noir les accompagnait jusqu'à la voiture, garée au coin de la rue. Elle tendait son dossier et un trousseau de clés à Martine Hayward, et lui indiquait quelle porte ouvrait chaque clé. Des clés neuves plus petites que celles d'autrefois. Elles n'ouvraient donc pas les mêmes portes. Les anciennes clés étaient perdues. « Tête de mort », Martine Hayward et la femme au chemisier noir n'en sauraient jamais rien.

*

Au retour, Camille se tenait de nouveau au volant. Elle parlait de la maison et des différentes pièces. Martine Hayward se demandait si elle ne s'installerait pas au rez-de-chaussée, car la « chambre » y était plus spacieuse que les autres. Et pourtant, Bosmans ne se souvenait d'aucune chambre au rez-de-chaussée. La porte d'entrée ouvrait sur un couloir. Au bout de celui-ci, l'escalier. À droite, le salon et son bow-window. À gauche, la salle à manger. Elles parlaient aussi des trois jardins en espalier derrière la maison. Ainsi, ils existaient toujours. Et le puits dans la petite cour ? Et la tombe du docteur Guillotin dans le premier jardin ? Il avait soudain envie de leur poser des questions, mais il s'efforçait de ne pas prononcer le moindre mot. De quelle manière auraient-elles réagi en apprenant qu'il avait habité dans cette maison ? Pourquoi y auraient-elles attaché de l'importance ? Tout cela était extrêmement banal. Sauf pour lui.

Le chemin n'était pas le même qu'à l'aller. On ne traversait plus la vallée de Chevreuse, on longeait par une petite route l'aérodrome de Villacoublay. Et ce chemin lui avait été si familier quinze ans auparavant, ce chemin qu'il suivait en voiture, en car, et même à pied, plus tard, lors de sa fugue du pensionnat, qu'il eut l'impression que tout recommençait, sans qu'il puisse très bien définir quoi. Il n'y aurait jamais rien de nouveau dans sa vie. Mais cette crainte qu'il ressentait pour la première fois s'était déjà dissipée à la hauteur du Petit-Clamart.

« Vous auriez dû venir avec nous visiter la maison, lui dit Martine Hayward. N'est-ce pas, Camille ?

— Oui, je n'ai pas compris pourquoi tu es resté seul dans la rue. »

Malgré un si grand nombre d'années, il entendait encore Camille lui dire de sa voix douce et traînante la phrase dont il se rappelait les mots exacts : « Je n'ai pas compris pourquoi tu es resté seul dans la rue. » Ces mots ne l'avaient sans doute pas frappé sur le moment, mais leur écho résonnait dans sa mémoire et ils correspondaient bien à une attitude, ou plutôt une manière d'être, qui avait été la sienne depuis son enfance, et longtemps après, peut-être même jusqu'à aujourd'hui.

Il n'avait rien trouvé à répondre à Martine Hayward ni à Camille, et Martine Hayward l'avait fixé d'un drôle de regard, du moins l'avait-il cru à cet instant-là. Elle avait posé sur la banquette, entre eux deux, le dossier que lui avait donné la femme au chemisier noir. À Boulogne, Camille freina brusquement pour ne pas brûler un feu rouge. Le dossier glissa de la banquette et ses feuillets s'éparpillèrent. Il les ramassa un à un et, comme ils étaient numérotés, il les remit dans l'ordre. Il vit qu'il s'agissait du contrat de location de la maison avec un inventaire. À l'en-tête de la première page, le nom de l'agence immobilière et celui de sa directrice, qui devait être la femme au chemisier noir. Mais un autre nom qui figurait sur cette page lui sauta aux yeux, celui de la propriétaire: ROSE-MARIE KRAWELL. Ainsi, elle était toujours vivante et la maison était toujours la sienne. Cette constatation lui causa un tel trouble qu'il aurait voulu leur en parler. Mais que leur dire exactement? Et en quoi cela pouvait-il les intéresser?

Il tendit la chemise rouge à Martine Hayward après y avoir rangé les feuillets. Elle le remercia, mais elle le fixait encore de ce drôle de regard.

« Vous connaissez la propriétaire ? » lui dit-il brusquement.

Et il regretta aussitôt de lui avoir demandé cela, comme quelqu'un qui s'en veut d'avoir perdu son sang-froid.

« La propriétaire ? Non. Pourquoi ? »

Martine Hayward lui avait répondu d'un ton sec. Apparemment, la question qu'il venait de lui poser la gênait.

« Je crois que c'est René-Marco qui la connaît », avait dit « Tête de mort ». « Il me semble que c'était une amie à lui.

— Tu dois avoir raison. En tout cas, c'est René-Marco qui m'a indiqué l'agence immobilière. »

Et puis, il y eut un long silence entre eux trois, qu'il essaya de rompre, mais il ne trouvait pas les mots. On était arrêté porte Molitor, à la frontière de Boulogne et d'Auteuil, et il se souvint qu'il était né par ici. La semaine précédente, il était venu chercher un extrait d'acte de naissance dont il avait besoin à la mairie de Boulogne-Billancourt. Décidément, ces derniers jours, le passé se rappelait à lui, un passé qu'il avait oublié depuis longtemps. À Auteuil, Camille gara la voiture juste devant la porte de l'immeuble dont l'appartement occupait le deuxième ou le troisième étage. Il était environ neuf heures du soir, mais il faisait encore jour. On aurait dit qu'elles hésitaient à sortir de la voiture.

« Tu vas dormir chez René-Marco ?

— Oui », avait répondu Martine Hayward.

L'appartement était donc celui d'un dénommé René-Marco ? Sûrement l'homme d'une quarantaine d'années dont il apprendrait plus tard qu'il était le père de l'enfant, cet enfant qui occupait la chambre du fond.

«Alors, cette nuit, je reste avec toi», avait dit Camille à Martine Hayward.

Elle avait ouvert le coffre de la voiture et il avait pris la valise noire de Martine Hayward. Puis ils étaient entrés dans l'immeuble. Camille n'aimait pas emprunter les ascenseurs, car elle craignait qu'ils ne s'arrêtent brusquement entre deux étages – un rêve, ou plutôt un cauchemar, qu'elle faisait souvent, lui avait-elle dit. Et elle se méfiait de celui qui menait à l'appartement d'Auteuil, un ascenseur à l'ancienne, à deux battants vitrés et qui était très lent. Sur le palier de l'appartement, elle lui avait demandé :

«Tu viens avec nous ?

— Non. Pas ce soir.»

Et quand le dénommé René-Marco avait ouvert la porte, Bosmans avait entendu un brouhaha de conversations, et même distingué, au fond, dans le salon, quelques silhouettes. Il avait reculé légèrement et confié la valise de Martine Hayward à Camille.

«C'est dommage que vous ne restiez pas», lui avait dit Martine Hayward en lui pressant la main de manière insistante. «Un autre soir peut-être ?»

Et «Tête de mort» lui avait lancé un sourire ironique. La porte s'était refermée sur elles et le dénommé René-Marco. Il avait poussé un soupir de soulagement et dévalé l'escalier pour respirer enfin à l'air libre. La nuit tombait et il marchait au hasard dans les rues d'Auteuil.

Il regrettait maintenant de n'avoir pas visité la maison avec elles, car il aurait questionné la femme au chemisier noir – des questions en apparence anodines, mais dont les réponses lui auraient peut-être appris quelque chose. Si le dénommé René-Marco connaissait Rose-Marie Krawell, celle-ci fréquentait-elle l'appartement d'Auteuil ? Il la voyait bien évoluer dans le salon parmi ces gens qui n'étaient pour lui que des silhouettes, mais dont « Tête de mort » lui avait fait comprendre sur le ton de la plaisanterie que la plupart se rencontraient là pour la première fois de leur vie et qu'ils n'étaient pas tous très recommandables.

Lui-même gardait un souvenir assez flou de Rose-Marie Krawell, un souvenir d'enfance. En ce temps-là, elle passait souvent quelques jours dans la maison de la rue du Docteur-Kurzenne et occupait alors la grande chambre du premier étage, qui restait vide en son absence. Il se demandait si Martine Hayward aurait pu rencontrer Rose-Marie Krawell. Elle lui avait jeté un drôle de regard et lui avait répondu d'un ton sec quand il lui avait posé la question : « Vous connaissez la propriétaire ? »

Au fond, il n'aurait pas dû quitter tout à l'heure Camille et Martine Hayward, mais essayer d'en savoir plus long sur ces gens qui se réunissaient dans le salon de l'appartement, ne serait-ce qu'apprendre leurs noms.

Il suivait la rue Michel-Ange et il entra dans un café dont on rangeait déjà les chaises sur les tables. Il demanda un jeton de téléphone et composa le numéro du «réseau» que lui avait indiqué Camille: AUTEUIL 15.28, et dont elle lui avait dit que c'était l'ancien numéro de l'appartement. Des voix d'hommes et de femmes se répondaient les unes aux autres: Cavalier bleu appelle Alcibiade. 133, avenue de Wagram, 3ᵉ étage. Paul retrouvera Henri ce soir chez Louis du Fiacre. Jacqueline et Sylvie vous attendent aux Marronniers, 27, rue de Chazelles... Des voix lointaines, souvent étouffées par des grésillements et qui lui semblaient des voix d'outre-tombe. Après avoir raccroché, il fut soulagé, comme plus tôt à la sortie de l'immeuble, de se retrouver à l'air libre.

Peut-être venait-il d'entendre au téléphone, parmi les autres voix, sans qu'il la reconnaisse, la voix de Rose-Marie Krawell. Pour la première fois depuis quinze ans, le nom de cette femme lui occupait l'esprit, et ce nom entraînerait à sa suite, certainement, le souvenir d'autres personnes qu'il avait vues autour d'elle, dans la maison de la rue du Docteur-Kurzenne. Jusque-là, sa mémoire concernant ces personnes avait traversé une longue période d'hibernation, mais voilà, c'était fini, les fantômes ne craignaient pas de réapparaître au grand jour. Qui sait? Dans les années suivantes, ils se rappelleraient encore à son bon souvenir, à la manière des maîtres chanteurs. Et, ne pouvant revivre le passé pour le corriger, le meilleur moyen de les rendre définitivement inoffensifs et de les tenir à distance, ce serait de les métamorphoser en personnages de roman.

Ce soir-là, il rendait responsables du retour de ces

fantômes Camille et Martine Hayward. La visite qu'elles avaient faite de la maison de la rue du Docteur-Kurzenne était-elle un hasard ? Il y avait certainement un lien, si mince fût-il, entre elles et ce nom, Rose-Marie Krawell, écrit en toutes lettres sur la première page d'un contrat d'agence immobilière où figurerait aussi celui de Martine Hayward. Mais tout cela n'avait pas beaucoup d'importance. Et d'ailleurs, quand il était un enfant de la rue du Docteur-Kurzenne, il ne s'était jamais posé de questions sur les personnes qui l'entouraient, et jamais il n'avait essayé de comprendre ce qu'il faisait là, parmi elles. C'était elles, au contraire, après quinze ans, qui auraient dû se méfier de lui. Elles pouvaient penser qu'il avait été une sorte de témoin, et même un témoin gênant. Et il se rappela le titre d'un film italien qu'il avait vu à la cinémathèque de Chaillot : *Les enfants nous regardent.*

Il ne s'était pas aperçu qu'il avait marché pendant près de trois quarts d'heure à travers Auteuil, jusqu'à l'une des frontières de ce quartier, le long de la Seine, et qu'il était revenu sur ses pas. Il faisait nuit maintenant. Il suivait une petite rue, toute proche de l'appartement de ce René-Marco à la porte duquel il avait accompagné Camille et Martine Hayward. Il se demanda s'il ne devait pas prendre l'ascenseur aux deux battants vitrés qui montait si lentement que Camille craignait qu'il ne s'arrête entre deux étages. Il aurait voulu en avoir le cœur net : AUTEUIL 15.28 était-il vraiment un numéro désaffecté comme le lui avait expliqué Camille, ou toujours celui de l'appartement ? Et si certaines voix qu'il avait entendues après avoir composé AUTEUIL 15.28 et semblaient des voix d'outre-tombe étaient celles des personnes qu'il avait remarquées dans le salon ? La première fois que Camille l'avait entraîné là-bas, il avait peut-être croisé Rose-Marie Krawell, mais, après quinze ans, auraient-ils pu se reconnaître ? Dix heures du soir, l'heure où ces fantômes étaient réunis sur les divans bas et larges du salon.

Un début d'après-midi, Bosmans décida de sonner à la porte de l'appartement. S'il voulait tirer les choses au clair – cette expression lui était venue à l'esprit lorsqu'il avait accompagné Camille dite «Tête de mort» et Martine Hayward jusqu'à la maison de la rue du Docteur-Kurzenne –, il devait voir quel aspect avait cet appartement en plein jour, et non pas à la nuit tombée parmi les ombres anonymes qu'il avait côtoyées dans le salon.

C'était un après-midi de soleil, justement, et dans la lumière d'avril les silhouettes des passants, les feuillages des arbres, les trottoirs, les façades des immeubles se détachaient avec précision sous le ciel bleu, comme si on les avait lavés à grande eau pour les débarrasser de la moindre poussière et du moindre flou. Il prit l'ascenseur, ce qu'il n'avait jamais fait jusqu'à présent à cause de Camille. Bosmans était assis sur la banquette de velours rouge et il aurait aimé que cette montée lente et douce se poursuive indéfiniment. Alors, il aurait fermé les yeux et il n'aurait plus éprouvé aucune inquiétude.

Il sonna trois coups, avec une certaine appréhension. À cette heure-là, il n'y avait sans doute personne dans l'appartement. Rien ne troublait le silence. Il lui sembla même que l'immeuble était désert. Il sonna de nouveau trois coups. Alors, il entendit un bruit de pas. La porte s'ouvrit sur celle qu'il avait vue, un soir, s'éloigner le long du couloir, tenant un enfant par la main, lors de sa première visite, et qu'il avait croisée une autre fois dans l'entrée avec le même petit garçon. Et «Tête de mort» lui avait dit: «C'est le fils de René-Marco et sa gouvernante.»

«Je crois que je viens beaucoup trop tôt», et cette phrase qu'il avait préparée à tout hasard, avant de sonner, il la prononçait d'une voix blanche.

Mais elle ne manifestait aucune surprise. Elle avait refermé la porte derrière eux et le guidait jusqu'au salon, comme s'il s'agissait de la salle d'attente d'un médecin ou d'un dentiste.

«Asseyez-vous.»

Elle lui indiqua l'un des grands divans et elle s'assit à côté de lui. Une pile de magazines sur le divan. L'un d'eux était ouvert.

«Je lisais pendant que le petit fait sa sieste.»

Elle l'avait dit d'un ton naturel. Avait-elle deviné qu'il était au courant de l'existence de cet enfant?

«Le soir et la nuit, les invités ne font pas trop de bruit?

— Mais non, pas du tout. Le couloir est long entre le salon et la chambre où nous sommes. Le petit a toujours un excellent sommeil. »

Elle lui avait répondu d'une voix très calme en le regardant droit dans les yeux.

« Alors, vous me rassurez. »

Elle eut un léger sourire. Elle devait avoir son âge, autour de vingt ans. Elle ne paraissait pas étonnée de sa présence, ni curieuse de savoir pourquoi il avait sonné à la porte de l'appartement si tôt dans l'après-midi.

« Je suis venu à l'improviste. J'espérais voir M. René-Marco pour lui demander quelque chose. »

Comme il ignorait le nom de famille de cet homme, il se sentait obligé de dire « M. René-Marco ».

« Vous voulez parler de M. Heriford ? »

Elle avait brusquement la sollicitude d'une maîtresse d'école qui corrige une faute de français de son élève. Et cela lui donnait un certain charme à cause de son âge.

« Oui, bien sûr, je veux parler de M. René-Marco Heriford. »

Il jetait un regard autour de lui. Le salon n'était plus du tout le même que celui du soir et de la nuit. Une grande pièce claire avec ses divans aux couleurs tendres, la fenêtre entrouverte sur le feuillage d'un marronnier, une tache de soleil sur le mur du fond, et cette jeune fille, assise à côté de lui, le buste droit et les bras croisés. Il avait dû se tromper d'étage.

« M. Heriford rentre toujours très tard. Pendant la journée, je suis seule ici avec l'enfant.

— Le fils de M. René-Marco Heriford ? »

Il n'avait pu s'empêcher d'ajouter au nom le prénom pour être bien sûr qu'il n'y eût pas de confusion sur la personne.

« Exactement.

— Et vous travaillez ici depuis longtemps ?

— Depuis deux ans. »

Elle ne s'étonnait d'aucune question, même venant d'un inconnu.

« J'ai essayé de téléphoner avant de passer, mais le numéro ne répondait plus. »

Il avait honte de lui mentir, mais après tout c'était un mensonge bénin.

« Vous faisiez quel numéro ?

— AUTEUIL 15.28.

— Mais non. Les numéros sont maintenant à sept chiffres. »

Elle le considérait d'un regard étonné. Apparemment, elle le prenait pour un original.

« Je vous donnerai le numéro exact tout à l'heure si vous voulez. »

Face à une telle bonne volonté de sa part, il pensa qu'il pouvait lui poser d'autres questions.

« Et vous connaissez la plupart des gens qui viennent ici le soir ? »

Cette fois-ci, elle manifesta une certaine réticence à lui répondre.

«Cela ne me regarde pas.»

Elle fit un effort pour ajouter :

«À mon avis, ce sont des relations de M. Heriford.»

Qu'entendait-elle par «relations»?

«Mais vous, vous êtes un ami de M. Heriford?»

Elle semblait avoir un doute là-dessus. Peut-être parce que ce M. Heriford n'était pas un homme de l'âge de Bosmans. Les rares soirs où «Tête de mort» l'avait emmené dans ce salon, les personnes qu'il avait côtoyées étaient, elles aussi, plus vieilles que lui.

«C'est une amie qui m'a présenté M. Heriford. Camille Lucas. Vous connaissez?

— Non. Pas du tout.

— Et une amie de Camille Lucas qui vient souvent ici : Martine Hayward?

— J'ai quelquefois croisé des personnes le soir, quand je préparais le dîner du petit. Mais j'ignore leurs noms. Je dirai à M. Heriford, si je le vois ce soir, que vous êtes venu.»

Il y eut un moment de silence entre eux. Peut-être attendait-elle qu'il prenne congé. Il cherchait quelques mots pour gagner du temps.

«Jusqu'à quelle heure le petit fait sa sieste?

— Jusqu'à trois heures et demie. Après, je l'emmène souvent goûter à la Ferme d'Auteuil.»

La Ferme d'Auteuil. Cet endroit, proche du champ de courses, lui évoqua un souvenir d'enfance. Un restaurant en plein air sous les feuillages. Et, au fond d'un jardin, une étable qui abritait quelques vaches.

Et, plus loin, un poney. Dans son souvenir, cette Ferme d'Auteuil était très proche de la vallée de Chevreuse, de la rue du Docteur-Kurzenne et de la zone de la porte Molitor où il était né. Tout cela formait une province secrète. Et aucune carte d'état-major ni aucun plan de Paris n'aurait pu lui prouver le contraire.

«Vous avez raison… C'est une bonne idée, la Ferme d'Auteuil.

— Et vous, vous habitez le quartier?»

Il ne savait pas si elle lui avait posé cette question par politesse ou par curiosité.

«Oui. Tout près d'ici. Je suis venu à pied.»

Il lui avait menti, mais dès demain il chercherait à louer une chambre dans le quartier.

«Et M. Heriford, cela fait longtemps qu'il habite ici?»

Elle hésitait à lui répondre.

«Je crois que c'est une amie qui lui a prêté l'appartement.»

Devait-il lui poser d'autres questions? Elle finirait par se méfier. Mais après tout, il fallait prendre des risques.

«Et la mère de l'enfant?»

Visiblement, cette question était de trop.

Après un instant de gêne, elle dit, en baissant les yeux:

«Je ne sais pas… Je ne l'ai jamais vue. M. Heriford ne m'en a jamais parlé…»

Il cherchait un mot pour rompre le malaise. Il posa la main sur la pile de magazines entre eux deux.

«Vous lisez tous ces magazines?»

Mais elle ne l'avait pas entendu. Elle pensait à autre chose.

«Je n'ose pas lui demander pour sa femme... J'ai l'impression qu'elle est morte...»

Et c'était comme si elle se parlait à elle-même et qu'elle avait oublié sa présence. Puis elle se tourna vers lui.

«Vous pouvez encore rester un moment... Le petit ne se réveille qu'à trois heures et demie...»

Elle préférait sans doute ne pas se retrouver seule. Cela devait être ainsi pour elle chaque matin et chaque après-midi dans cet appartement désert. L'une des fenêtres était entrouverte, mais aucune voiture ne passait dans la rue. Et le silence était si profond que l'on entendait le bruissement des feuillages. Les personnes qui se réunissaient en fin de soirée quittaient l'appartement à l'heure qu'on appelle le petit jour. Et, après cette heure-là, il ne restait plus qu'elle et l'enfant dans la chambre du fond.

«Mais bien sûr... J'ai tout mon temps... et c'est un plaisir pour moi de vous tenir compagnie.»

Ces phrases, qui venaient de lui échapper, elles étaient un peu solennelles et précieuses, comme la dernière réplique d'une scène de théâtre ou le dernier vers d'un poème qu'il lui aurait récités. Mais non, apparemment, cela ne l'avait pas surprise. Et d'ailleurs, elle lui avait répondu sur le même ton :

«C'est très gentil à vous... Et je vous en remercie...»

Elle avait consulté sa montre-bracelet.

«Plus qu'une dizaine de minutes. De toute façon, s'il dort encore, j'irai le réveiller…»

Et puis, comme chaque jour, elle quitterait l'appartement avec l'enfant et ils marcheraient tous les deux jusqu'à la Ferme d'Auteuil. Sur le mur du salon, la tache de soleil s'était déplacée vers la droite, et il en remarqua une autre au milieu du divan, à côté d'eux. Il s'était trompé d'étage. Non, décidément, ce ne pouvait être le même salon que celui où l'avait entraîné à deux ou trois reprises «Tête de mort», et où il tentait de suivre les conversations autour de lui sans en comprendre un seul mot. Et, à mesure que la nuit avançait, la musique qui jouait en sourdine devenait de plus en plus forte et la lumière baissait peu à peu, jusqu'à ce que le salon soit bientôt dans l'obscurité. Alors, ce n'était plus l'heure des conversations. Des ombres se mêlaient les unes aux autres sur les divans, et la musique couvrait leurs chuchotements et leurs soupirs. Et, chaque fois, il avait profité de l'obscurité pour se glisser par la porte entrouverte du salon dans le vestibule, en laissant derrière lui Camille dite «Tête de mort» et Martine Hayward parmi toutes les ombres entremêlées sur les divans.

«À quoi pensez-vous?»

Elle lui avait posé cette question d'un ton aimable et détaché. Il ne savait quoi répondre. Il fixait du regard la tache de soleil, sur le divan.

«J'ai l'impression de m'être trompé d'étage.»

Mais il vit bien à son regard et à son froncement de sourcils qu'elle ne comprenait pas ce qu'il voulait dire.

« Cet appartement n'est plus du tout le même quand on y vient la nuit. Si vous ne m'aviez pas parlé de ce M. René-Marco Heriford, j'aurais cru que je m'étais trompé d'étage. »

Elle l'avait écouté avec beaucoup d'attention, celle d'une bonne élève qui tâche de suivre une leçon très complexe de mathématiques. Et puis elle était restée silencieuse un instant, les sourcils toujours froncés, l'air de réfléchir à chaque mot qu'il venait de prononcer.

« Je n'ai pas la même impression que vous... Tout ce qui se passe ici la nuit ne me regarde pas. Et je ne cherche pas à en savoir plus long sur les gens que M. Heriford reçoit. On m'a seulement engagée pour m'occuper de cet enfant. Vous comprenez ? »

Elle l'avait dit avec une telle fermeté que cela lui fit l'effet d'un seau d'eau froide que l'on vous jette au visage pour vous réveiller. Il se demanda s'il était jamais allé dans cet appartement la nuit et s'il ne s'agissait pas d'un mauvais rêve – l'un de ces rêves qui reviennent souvent. Chaque fois, au moment de vous endormir, vous craignez de le faire à nouveau, et ce rêve est si insistant que pendant toute la journée vous en conservez encore des bribes, au point que vous ne pouvez plus démêler le jour de la nuit. Et pourtant, « Tête de mort » l'avait bien entraîné dans ce salon parmi toutes ces ombres. Mais il finissait par douter de l'existence de « Tête de mort » et de celle de Martine Hayward.

« J'ai bien compris ce que vous m'avez dit et je crois que vous avez raison. »

Il l'aurait presque remerciée de l'avoir sorti d'un mauvais rêve. Il était persuadé que, s'il restait avec elle dans ce salon jusqu'à la fin de l'après-midi et plus tard dans la soirée, personne ne viendrait sonner à la porte de l'appartement, ni « Tête de mort » ni Martine Hayward. Ni même Rose-Marie Krawell, ni d'autres fantômes.

Elle consulta sa montre-bracelet.

« Il est quatre heures moins vingt. Il faut que j'aille réveiller le petit… Mais avant, je dois donner un coup de téléphone… Vous m'excusez ? »

Elle se leva, lui lança un grand sourire, et par la double porte entrouverte se glissa dans la salle de bains qui communiquait avec le salon, ce qu'il avait remarqué le premier soir où « Tête de mort » l'avait entraîné ici.

Il l'entendait parler au téléphone, de très loin, et il supposa qu'elle se trouvait dans une chambre bien après la salle de bains. La disposition des pièces de cet appartement lui semblait étrange, mais peut-être se faisait-il des idées et s'agissait-il d'un appartement d'aspect banal, tel qu'on en trouvait des centaines dans ce quartier résidentiel.

Elle réapparut au bout de quelques minutes.

« C'était pour le petit. J'ai téléphoné au docteur Rouveix… Finalement il vient ici tout à l'heure pour lui faire son vaccin… »

Elle l'avait dit avec une sorte de sérieux professionnel, et comme s'il connaissait ce docteur Rouveix.

« C'est pratique… le docteur Rouveix habite à quelques pas d'ici et il se déplace toujours pour le petit. »

Il pensa qu'il devait prendre congé avant la visite du docteur Rouveix.

Il se leva.

«Et je suppose que tout à l'heure vous emmènerez le petit à la Ferme d'Auteuil?

— Je ne sais pas. Je demanderai au docteur Rouveix s'il ne vaut pas mieux qu'il reste ici après son vaccin.»

Elle le raccompagna jusqu'à la porte de l'appartement.

«Je vous donne le numéro de téléphone actuel, dit-elle avec un léger sourire. Le numéro à sept chiffres...»

Elle lui tendit une feuille blanche pliée en quatre.

«Vous pouvez appeler le matin ou au début de l'après-midi. Je suis toujours là.»

Elle parut hésiter un moment. Puis, d'une voix plus basse:

«Mais n'appelez pas le soir à AUTEUIL 15.28. Vous risqueriez de tomber sur des gens peu recommandables.»

Elle eut un bref éclat de rire.

Sur le palier, l'ascenseur semblait l'attendre, comme si personne ne l'avait utilisé depuis son arrivée au début de l'après-midi. Avant de refermer la porte de l'appartement, elle lui fit un signe très discret de la main.

Dans la rue, il déplia le papier qu'elle lui avait tendu. Il y était écrit : Kim 288.15.28.

Drôle de prénom. Mais il avait quelque chose de gai et de pimpant, comme le petit signal cristallin que faisait le contrôleur des anciens autobus à plate-forme en tirant la chaîne d'un geste sec pour annoncer le départ. Et d'ailleurs, le soleil et la fraîcheur de l'air étaient aussi printaniers qu'au début de l'après-midi. Un seul détail le préoccupait : le nouveau numéro de l'appartement était bien à sept chiffres, mais il demeurait les quatre derniers chiffres de l'ancien : AUTEUIL 15.28. Pourtant, il était sûr de ne plus entendre ces voix d'outre-tombe s'il composait 288.15.28. Il avait suffi d'une belle journée de printemps.

Vers le bout de la rue Michel-Ange, il croisa un homme brun, au visage bronzé, aux cheveux courts et d'allure sportive, qui tenait à la main une serviette de cuir en lui imprimant un léger mouvement de balancier. Ils échangèrent un regard, et il fut tenté de lui adresser la parole. Il s'agissait peut-être du docteur Rouveix. Il se retourna et le vit marcher d'un pas régulier. Il aurait voulu le suivre pour vérifier s'il prenait bien le chemin de l'immeuble, mais il jugea cela inutile et indiscret. La prochaine fois qu'il téléphonerait au 288.15.28, il ferait une description physique de cet homme à Kim et lui demanderait si c'était bien le docteur Rouveix.

Il éprouvait un sentiment de légèreté à se promener, cet après-midi-là, au hasard dans les rues d'Auteuil. Il pensait à cet appartement si différent le jour et la nuit, au point d'appartenir à deux mondes parallèles. Mais pourquoi s'en serait-il inquiété, lui qui depuis des années avait l'habitude de vivre sur une frontière étroite entre la réalité et le rêve, et de les laisser s'éclairer l'un l'autre, et quelquefois se mêler, tandis qu'il poursuivait son chemin d'un pas ferme, sans dévier d'un centimètre, car il savait bien que cela aurait rompu un équilibre précaire ? À plusieurs reprises, on l'avait traité de « somnambule », et le mot lui avait semblé, dans une certaine mesure, un compliment. Jadis, on consultait des somnambules pour leur don de voyance. Il ne se sentait pas si différent d'eux. Le tout était de ne pas glisser de la ligne de crête et de savoir jusqu'à quelle limite on peut rêver sa vie.

Il aurait bien marché jusqu'à la Ferme d'Auteuil pour voir si elle correspondait à ses souvenirs. L'endroit avait certainement changé, en quinze ans, et perdu son aspect rustique. À mesure qu'il approchait de la zone du champ de courses, il se rappela qu'il était venu une fois dans cette Ferme d'Auteuil en compagnie de Rose-Marie Krawell et d'un homme brun plutôt grand qu'il aurait été incapable de reconnaître si on lui avait montré une photo de lui tel qu'il était à l'époque. Le seul détail qu'il aurait pu donner concernant cet homme sans visage, c'était la montre qu'il portait au poignet, une énorme montre dont les multiples cadrans, de tailles diverses, marquaient les jours, les mois et les années, et même les différentes formes que prend la lune chaque nuit. L'homme lui avait expliqué tout cela en lui tendant sa montre et en lui donnant la permission de la mettre un moment à son poignet. Et il lui avait précisé qu'il s'agissait d'une « montre de l'armée américaine », trois mots dont la sonorité avait plus compté pour lui que la signification exacte, puisqu'ils résonnaient encore dans sa mémoire d'un écho assourdi.

À la Ferme d'Auteuil, cet après-midi-là, Rose-Marie Krawell était assise en face de lui. Elle aussi, il se demandait s'il aurait pu la reconnaître, quinze ans plus tard. Une femme blonde aux grands yeux clairs. Des cheveux assez courts. De taille moyenne. Portant des bracelets à gros chaînons. Voilà les termes vagues avec lesquels il l'aurait décrite. Et puis, il lui restait quelques impressions. Sa voix grave. Sa manière un peu brutale de parler. Son briquet qu'elle sortait de son sac à main et qu'elle lui donnait pour jouer. Un briquet parfumé.

En quittant la Ferme d'Auteuil, ils étaient montés tous les trois, Rose-Marie Krawell, l'homme et lui, dans une voiture noire. Rose-Marie Krawell était au volant, l'homme à côté d'elle, et lui sur la banquette arrière. Et ils s'étaient retrouvés dans un appartement proche de la Ferme d'Auteuil, car le trajet lui avait semblé court. Mais quand il s'agit de souvenirs d'enfance, il faut se méfier de tout ce qui concerne les distances et le temps que l'on a mis pour aller d'un point à un autre, et de l'ordre d'événements que l'on croit s'être déroulés dans le même après-midi, alors que chacun avait eu lieu à des semaines ou à des mois d'intervalle.

Dans une chambre de l'appartement, Rose-Marie Krawell était assise sur le coin d'un bureau et téléphonait. Elle lui avait repris son briquet, qu'elle lui avait prêté pour jouer, et elle allumait une cigarette avec ce briquet parfumé. L'homme à la «montre de l'armée américaine» se tenait à côté de lui sur un canapé et lui expliquait comment on déclenchait une petite sonnerie, sur cette montre, à l'heure où l'on voulait se réveiller le matin. Il suffisait d'arrêter l'aiguille bleue sur le chiffre de l'heure et d'appuyer sur un bouton, au bas du cadran. Mais, en dehors de ces gestes précis, il ne se souvenait d'aucun autre détail de cette journée, comme s'il scrutait à la loupe le seul morceau qui restait d'une photo déchirée.

Il était arrivé sur le boulevard, à proximité du champ de courses. Mais il décida brusquement de ne pas traverser ce boulevard pour se rendre à la Ferme d'Auteuil. Il ne se sentait plus l'envie d'effectuer seul un tel pèlerinage. Il se rappela qu'au cadran de la «montre de l'armée américaine» on pouvait, sur une simple pression, faire tourner les aiguilles en sens inverse. S'il franchissait aujourd'hui le seuil de la Ferme d'Auteuil et prenait place à l'une des tables, dans le jardin, il remonterait le cours du temps. Il se retrouverait à la même table en compagnie de Rose-Marie Krawell et de l'homme à la «montre de l'armée américaine», mais à l'âge qu'il avait maintenant. Eux seraient exactement les mêmes que quinze ans auparavant. Ils n'auraient pas vieilli d'un jour. Et il pourrait enfin leur poser quelques questions précises. Seraient-ils capables d'y répondre? Et le voudraient-ils?

Mais si quinze ans lui semblaient à l'époque une période trop longue pour que les souvenirs d'enfance ne se soient pas définitivement brouillés, que pouvait-il dire aujourd'hui ? Près de cinquante ans s'étaient écoulés depuis ce trajet en voiture avec Camille et Martine Hayward à travers la vallée de Chevreuse jusqu'à la maison de la rue du Docteur-Kurzenne. Oui, près de cinquante ans depuis le premier après-midi qu'il avait passé avec Kim dans le salon de l'appartement d'Auteuil, et où il avait croisé le docteur Rouveix – c'était bien lui –, cet après-midi d'un printemps précoce dont il aurait bien voulu savoir l'année exacte. Printemps de soixante-quatre ou de soixante-cinq ? Ils se confondaient tous deux dans sa mémoire sans qu'il trouve de points de repère assez précis pour les différencier.

Dans quelles circonstances avait-il connu Camille dite « Tête de mort » ? Il ne s'était jamais posé la question en cinquante ans. Le temps avait effacé au fur et à mesure les différentes périodes de sa vie, dont aucune n'avait de lien avec la suivante, si bien que cette vie n'avait été qu'une suite de ruptures, d'avalanches ou même d'amnésies.

Où avait-il donc rencontré Camille la première fois? Après bien des efforts de mémoire, une image floue lui apparut. Camille, assise dans un café à une table voisine de la sienne, par une journée d'hiver, car les autres silhouettes autour d'eux portaient des manteaux. Et il en conclut que ce ne pouvait être que dans le restaurant de la place Blanche, au rez-de-chaussée. Il se voyait en effet, ce jour-là, traverser la rue avec Camille et la suivre dans la pharmacie. Il y avait quelques clients devant eux et elle paraissait nerveuse. Elle tenait à la main une ordonnance. Elle lui expliqua, à voix basse, qu'elle n'était pas sûre qu'on lui donnerait le médicament, l'ordonnance datant de l'année précédente. Mais à peine avait-elle tendu cette ordonnance à l'une des pharmaciennes que celle-ci se dirigea vers le fond du magasin et revint avec une petite boîte de couleur rose sans lui faire la moindre réflexion, une petite boîte de couleur rose dont il remarqua plus tard qu'elle la transportait toujours dans son sac à main et qu'elle la posait sur sa table de nuit. C'est ainsi que l'on retrouve des détails en apparence insignifiants qui étaient restés en hibernation dans la nuit des temps. Il se rappelait l'épaisse couche de neige sur Paris, cet hiver-là, où ils enfonçaient leurs chaussures. Et les plaques de verglas.

Elle habitait, un peu plus bas que la place Blanche, une chambre dans une rue en coude dont il avait oublié le nom. Un détail l'avait intrigué dès le début. Elle s'appelait Camille Lucas, mais il avait découvert dans sa chambre, un soir où il l'attendait, un passeport où il était mentionné : Lucas, Camille Jeannette, épouse Gaul, née à Nantes le 16 septembre 1943. Il lui avait demandé pourquoi « épouse Gaul ». Elle avait haussé les épaules.

« Je me suis mariée trop jeune... Je n'ai plus revu mon mari depuis trois ans... »

Elle travaillait dans un bureau. Il était venu plusieurs fois la chercher au premier étage de l'un de ces immeubles, face à la gare Saint-Lazare, où brillent la nuit des publicités lumineuses dont les lettres multicolores défilent sans arrêt. Un bureau de quoi au juste ? Elle lui avait expliqué qu'il s'agissait d'un service de comptabilité. Elle prononçait le mot « comptabilité » avec beaucoup de sérieux. Elle avait fait « des études de comptabilité », et il n'avait jamais osé lui demander en quoi, précisément, elles consistaient.

Elle était contente d'avoir trouvé ce travail à Saint-Lazare et d'avoir quitté son emploi précédent, un poste de « comptabilité » lui aussi dans un hôtel-restaurant, un peu plus haut, rue de La Rochefoucauld.

Un détail en ramenait parfois d'autres dans sa mémoire, agglutinés au premier, comme le courant ramène des paquets d'algues en décomposition. Et puis, la topographie vous aide aussi à réveiller les souvenirs les plus lointains. Il se voyait maintenant avec « Tête de mort » dans un café de Saint-Lazare, sur le même trottoir que l'immeuble de son bureau, l'un de ces cafés trop proches de la gare pour que les clients aient le temps de s'attarder. Ils consomment devant le zinc avant de se laisser emporter et de se perdre dans la foule des heures de pointe. Ce café-là était aussi comme un poste-frontière du huitième arrondissement. Au fond de la salle, la vitre donnait sur une rue calme. Si on la suivait tout droit, jusqu'au bout, on s'éloignait de la foule et du cloaque de Saint-Lazare, et l'on finirait bien par atteindre les ombrages des jardins des Champs-Élysées.

À la table du fond, justement, tout près de la vitre, Bosmans s'était assis à plusieurs reprises en compagnie de Camille et de l'un de ses amis, le seul qu'elle ait gardé parmi les «collègues», comme elle disait, de son précédent travail.

Il s'agissait d'un certain Michel de Gama. Le prénom et le nom lui étaient restés en mémoire, car il s'était posé de nombreuses questions, par la suite, sur celui qui le portait. Camille l'avait donc connu quand elle travaillait dans l'hôtel-restaurant de la rue de La Roche-foucauld. Il était plus ou moins associé au «patron», et ils parlaient souvent d'autres personnes, «collègues» ou clients de cet hôtel Chatham.

Michel de Gama était plus âgé qu'eux. Un brun aux cheveux ramenés en arrière et habillé de manière trop soignée, avec des costumes sombres et des cravates dans les mêmes teintes. Selon «Tête de mort», il était de mère française, et son père avait travaillé «dans une ambassade sud-américaine». Lui-même parlait le fran-

çais d'une drôle de façon, tantôt avec un accent indé-
finissable, tantôt avec des intonations très parisiennes,
en utilisant des mots d'argot. Et cette dissonance faisait
qu'en l'écoutant on éprouvait un léger malaise.

Dans le café de Saint-Lazare, Michel de Gama semblait se dissimuler ; les nombreux clients qui se tenaient
autour du comptoir le rendaient invisible, assis là, tout
au fond de la salle, loin de l'agitation et du brouhaha
général. À la gauche de sa table, une petite porte vitrée
ouvrait sur la rue calme qui devait être celle d'Anjou,
de l'Arcade ou Pasquier. Il empruntait toujours la petite
porte vitrée pour entrer dans le café, comme on aurait
pénétré en fraude dans un cinéma par la sortie de
secours. Et le léger malaise que l'on éprouvait en sa
présence venait aussi du fait que, s'il parlait avec volubi-
lité et même avec un certain aplomb, on le sentait aux
aguets, l'air de pressentir, à chaque moment, une rafle.

Bosmans avait demandé à Camille pourquoi elle avait
continué à voir ce Michel de Gama, alors qu'elle gardait
un assez mauvais souvenir de tous ceux qu'elle avait
connus à l'hôtel-restaurant de la rue de La Rochefoucauld. Elle avait répondu de manière évasive: «Je ne
voudrais pas qu'il se fâche.» Visiblement, il lui inspirait
une certaine crainte. Il était toujours dans le quartier,
et elle risquait de le rencontrer à la sortie de son travail
ou un peu plus haut, là où elle habitait.

Elle avoua qu'elle préférait ne pas se trouver seule
avec Michel de Gama et, chaque fois, elle proposait à
Bosmans de l'accompagner à leurs rendez-vous. Un

après-midi, vers cinq heures, il était assis à la table habituelle, au fond du café, entre Camille et Michel de Gama. Il remarqua que celui-ci portait à l'un des doigts de la main gauche une chevalière sur le chaton de laquelle étaient gravées des armoiries. Et, sans doute à cause de cette bague, il lui posa une question d'un ton légèrement ironique :

« Vous êtes parent de l'explorateur Vasco de Gama ? »

L'autre le fixa d'un regard dur et resta un instant silencieux, de ce silence qui présage une menace. Camille avait surpris elle aussi son regard et semblait nerveuse.

« Vous m'entendez ? Je vous ai demandé si vous êtes parent de l'explorateur Vasco de Gama. »

Lui si affable et si doux, il lui arrivait d'être insolent en présence d'une personne pour laquelle il n'éprouvait aucune sympathie.

Mais, brusquement, le regard dur s'était voilé, et Michel de Gama souriait d'un large sourire, bien que ce sourire parût forcé.

« Je vois que vous vous intéressez à ma famille. Malheureusement, je ne peux pas vous donner beaucoup de renseignements. »

Les mots avaient été prononcés avec cet accent étranger qu'il prenait de temps en temps et qui paraissait affecté. Et le regard le fixait comme s'il voulait lui faire comprendre que, décidément, il était préférable de changer de sujet de conversation.

« Ce n'est pas très grave, avait dit Camille en haussant

les épaules. Jean s'intéresse beaucoup à la généalogie et aux noms de famille. »

Ils étaient sortis tous trois par la petite porte vitrée. Sur le trottoir, avant de les quitter, Michel de Gama lui avait serré la main.

« Vous savez, dans la vie, on ne doit pas être trop curieux », lui avait-il dit.

Et de nouveau un sourire, mais qui n'avait rien d'amical, à cause du regard froid fixé sur lui.

Il s'éloignait le long de la rue de l'Arcade ou de la rue Pasquier, ou de celle d'Anjou. Ils restaient là, tous les deux, silencieux, comme s'ils attendaient de le perdre de vue.

Camille était pensive.

« Il faut faire attention avec lui. Il est parfois un peu susceptible. »

Et elle lui expliqua, à demi-mot, que Michel de Gama et les quelques personnes qu'elle avait connues rue de La Rochefoucauld dans cet hôtel Chatham, s'ils avaient toujours fait preuve avec elle d'une grande amabilité, n'« aimaient pas beaucoup qu'on leur pose des questions ». Et pourtant, « du point de vue comptabilité », tout paraissait « normal » et même « irréprochable » à l'hôtel Chatham.

Il ne comprenait pas qui étaient exactement ces gens, et les explications de Camille manquaient de précision. Il se rendait compte qu'elle avait peur d'en dire trop. Il y avait donc le directeur de cet hôtel Chatham dont Michel de Gama était l'un des collaborateurs, et deux amis à eux qui s'occupaient du restaurant. Et quelques autres amis, clients de l'hôtel et du restaurant. Cela formait un «groupe» d'une dizaine de personnes. Il dut attendre encore de nombreuses années avant d'en savoir un peu plus long sur l'hôtel Chatham et le «groupe» auquel Camille avait fait allusion, un cercle d'individus assez inquiétants. Mais cette nouvelle perspective ne changea rien aux souvenirs qu'il gardait de cette période de sa vie. Au contraire, elle confirmait certaines impressions qu'il avait eues, et il les retrouvait intactes et aussi fortes, comme si le temps était aboli. À cette époque, il n'avait cessé de marcher à travers Paris dans une lumière qui donnait aux personnes qu'il croisait et aux rues une très vive phosphorescence. Puis, peu à peu, en vieillissant, il avait remarqué que la lumière s'était appauvrie ; elle rendait désormais aux gens et aux choses leurs vrais aspects et leurs vraies couleurs – les couleurs ternes de la vie courante. Il se disait que son attention de spectateur nocturne avait faibli elle aussi. Mais peut-être qu'après tant d'années ce monde et ces rues avaient changé au point de ne plus rien évoquer pour lui.

Il accompagna encore deux ou trois fois Camille à ses rendez-vous de Saint-Lazare avec Michel de Gama. Celui-ci paraissait avoir oublié, ou lui avoir pardonné, la question concernant son nom de famille, et lui témoignait une amabilité de façade. Lors du dernier de ces rendez-vous dans le café, au moment de les quitter, Michel de Gama avait dit à Camille en le désignant :

« Il faudrait quand même que tu l'emmènes un soir dîner avec nous au Chatham. »

Camille, gênée, gardait le silence. Michel de Gama s'était tourné vers lui :

« Je suis curieux de savoir ce que vous penserez du Chatham… Je suis sûr que cet endroit vous intéressera.

— Oui, mais il n'a pas l'habitude de sortir tard dans ce genre d'endroit, avait dit Camille d'une voix sèche, comme si elle voulait le protéger.

— Alors, venez juste prendre un verre, avait dit Michel de Gama.

— Avec plaisir. »

Camille semblait étonnée de sa réponse. Mais, cette invitation, il l'avait jugée sans importance. Il éprouvait un remords d'avoir froissé cet homme en évoquant l'autre jour Vasco de Gama, sans toutefois comprendre pourquoi il avait pris la mouche pour si peu de chose.

«Venez tous les deux demain à sept heures.»

Il s'éloignait le long de la rue, très droit dans son costume sombre. Il ne portait pas de manteau, malgré le froid, sans doute par coquetterie.

«Tu n'aurais pas dû accepter, lui dit Camille. Ce n'est pas un type très recommandable.»

Que ce «type» soit recommandable ou non ne comptait pas pour Bosmans. Que pouvait-il craindre de lui? Et d'abord, s'appelait-il vraiment Michel de Gama? Il s'était posé très vite la question. Si un homme ne porte pas son véritable nom, c'est qu'il doute de lui-même. Et puis, dans le café de Saint-Lazare, il était toujours assis le dos au mur et jetait un regard inquiet vers les clients de passage, là-bas, devant le zinc, comme s'il ne se sentait pas tout à fait en sécurité. «Je suis curieux de savoir ce que vous penserez du Chatham», lui avait-il dit. Et lui, Bosmans, il était curieux d'observer le comportement de Michel de Gama dans cet endroit-là.

\*

L'une de ces rues tranquilles, avant les alentours de Pigalle et Blanche, dans la zone qu'il appelait «les premières pentes». La façade et l'entrée de l'hôtel ne se distinguaient pas des immeubles voisins. La salle de restaurant s'ouvrait sur la rue. À l'entrée de l'hôtel, une plaque ovale de marbre noir portait cette inscription en lettres dorées : HÔTEL CHATHAM.

Camille s'était arrêtée sur le trottoir, l'air soucieux.

«Ça me fait drôle de revenir par ici…»

Michel de Gama les attendait dans une sorte de petit salon, à gauche de la réception, avec une cheminée de marbre blanc sur laquelle était posée une pendule ancienne. Quelques gravures aux murs représentaient des scènes de chasse. Au coin de la pièce, un bar de bois foncé. On se serait cru dans une auberge de province.

Il paraissait plus détendu que dans le café de Saint-Lazare. Il leur fit signe de s'asseoir sur le canapé près du bar. Puis il se dirigea vers celui-ci et versa dans trois verres une liqueur qui, d'après la forme de la bouteille, devait être du porto.

Il prit place en face d'eux. Il fixait Bosmans d'un regard interrogatif, comme s'il attendait de sa part une appréciation sur l'hôtel. Il fallait vite dire quelque chose.

«C'est très calme ici…»

Bosmans regrettait de ne pas trouver d'autres mots. Mais, à son soulagement, le visage de Michel de Gama s'éclaira d'un sourire.

«Voilà exactement ce que nous avons voulu faire, moi et mon associé Guy Vincent, dit-il cette fois-ci avec son léger accent étranger. Quelque chose de calme, de simple et de classique.»

Et il tendait son verre pour qu'ils trinquent tous les trois.

« Camille pourrait vous faire visiter son ancien bureau.

— Oh non... je ne préfère pas. »

Elle l'avait dit d'une voix douce, comme pour s'excuser et ne pas froisser Michel de Gama.

« C'est le bureau de mon associé Guy Vincent. Il n'est pas souvent à Paris et il l'avait prêté à Camille. »

Elle hochait la tête, l'air de prendre son mal en patience. Bosmans craignait qu'elle ne se lève brusquement et ne l'entraîne dehors.

« Nous recevons une clientèle d'habitués. Et souvent des amis à nous. Cela forme un petit club. »

Il avait forcé son accent étranger et l'on y discernait des intonations anglaises. Pour cette manière de parler, et la coupe de son costume, il avait certainement comme modèle un homme élégant, qu'il admirait.

« Il n'y a personne ici avant l'heure du dîner, dit tout à coup Michel de Gama, sans doute pour justifier le silence qui régnait dans l'hôtel. C'est l'heure tranquille... L'heure bleue, comme dirait mon associé Guy Vincent. »

C'était la troisième fois que Bosmans entendait prononcer les mots « mon associé Guy Vincent ». Le nom, Guy Vincent, ne lui était pas inconnu. Mais là, sur le moment, si on l'avait interrogé à l'improviste, il aurait été incapable de dire avec précision ce qu'il évoquait pour lui. Peut-être était-il frappé par la sonorité toute simple de ce nom.

Michel de Gama n'avait plus le regard inquiet qui était le sien à Saint-Lazare. Il semblait à son aise dans le bar, ou plutôt le salon de cet hôtel, comme s'il était chez lui et qu'il jouissait entre ces murs d'une sorte d'immunité diplomatique. Mais, sans doute, celle-ci n'avait plus cours dès qu'il mettait un pied dans la rue. Quelle était au juste sa situation? Peut-être interdit de séjour? Bosmans aurait bien aimé lui poser la question.

«Il faudrait que je vous fasse visiter les chambres.»

Cette fois-ci, il retrouvait son accent parisien.

«Pas ce soir, dit Camille d'un ton bref. De toute façon, nous reviendrons.»

Mais on devinait que c'était une promesse en l'air.

«Camille dormait quelquefois dans l'une des chambres, dit Michel de Gama en se tournant vers lui.

— Seulement les jours où j'avais beaucoup de travail et où je devais me lever très tôt.»

Et il y avait une pointe d'exaspération dans sa voix.

Michel de Gama sortit de sa poche un paquet de cigarettes anglaises et en alluma une avec un briquet. Il dut s'y reprendre avant que la flamme ne jaillisse, une flamme haute qui causa à Bosmans une certaine surprise. Et quand l'autre referma le briquet, ce bruit sec lui rappela quelque chose.

«Vous avez un très beau briquet.» Et il eut le sentiment que cette phrase venait d'être prononcée par un double de lui-même.

« Et qui fait une très belle flamme... Vous voulez essayer?»

Michel de Gama lui tendait le briquet. À peine l'avait-il pris entre pouce et index qu'il retrouva une ancienne sensation. Elle se confirma quand la flamme jaillit de nouveau, une flamme dont on n'attendait pas qu'elle fût si haute, étant donné la petite taille du briquet. Cette sensation le ramena brutalement quinze ans en arrière, et le choc était aussi inattendu que celui des autos tamponneuses de son enfance. Il vit, en un éclair, Rose-Marie Krawell lui tendre le même briquet et lui dire de faire attention à la flamme.

« Oui, un très beau briquet. Mais il faut faire attention à la flamme. »

Il avait remis le briquet à Michel de Gama, et celui-ci le fixait d'un regard étonné, car Bosmans devait avoir un drôle d'air en répétant une phrase qui lui venait de si loin.

« Montre-lui quand même ton ancien bureau », dit Michel de Gama en se tournant vers Camille.

Elle se leva en silence. Elle avait pris Bosmans par le bras et ils suivaient un long couloir éclairé au plafond par ce qui lui sembla des veilleuses.

« Je te montre le bureau, et ensuite on lui explique qu'on doit partir », lui dit-elle à voix basse.

Elle ouvrit une porte sur laquelle était fixée une petite plaque dorée avec un numéro et qui avait dû, à l'origine, être la porte d'une des chambres de l'hôtel. La lumière tombait d'un plafonnier, une lumière de très faible intensité. Un bureau de bois clair au milieu de la pièce et, dans le coin de celle-ci, un divan très étroit. La fenêtre donnait sur une cour.

«C'est là que tu travaillais à la comptabilité?»

Il n'y avait aucune ironie dans sa voix, mais plutôt une certaine gravité.

«Oui. C'est là.»

Il se dirigea vers le bureau et s'assit sur le siège de cuir derrière celui-ci. De chaque côté, de nombreux tiroirs.

«Alors, c'était le bureau de Guy Vincent?»

Elle hocha la tête en signe d'approbation, mais on aurait dit qu'elle pensait à autre chose, peut-être à quitter cette pièce le plus vite possible. Lui aussi était perdu dans ses pensées. La flamme du briquet que lui avait tendu Michel de Gama avait été un révélateur. Cette flamme éclairait une chambre noire, et le nom Guy Vincent, après une longue période d'amnésie, lui était redevenu familier.

Il y avait une photo, justement, sur le coin droit du bureau, dans un cadre de cuir couleur grenat, et, en se penchant sur elle, il reconnut Guy Vincent qui tenait une femme par l'épaule, la sienne – une femme dont il se rappelait le prénom: Gaëlle. Mais elle venait moins souvent que lui dans la maison de la rue du Docteur-Kurzenne. Bosmans ne se souvenait d'elle qu'en plein jour. Elle n'avait jamais dormi dans la maison. Quand Guy Vincent y venait seul, il occupait la grande chambre du premier étage. Il le reconnaissait bien sur la photo: les cheveux courts, la haute taille, les yeux clairs. Il croyait, en ce temps-là, que Guy Vincent était «américain», à cause de son allure et de sa voiture décapotable, et aussi parce qu'il avait entendu dire qu'il avait fait un long séjour en Amérique. Et pourtant son nom était français. Il se rappelait brusquement une phrase de Guy Vincent, un après-midi où celui-ci lui avait demandé d'aller voir s'il y avait du courrier pour lui dans la boîte aux lettres, rue du Docteur-Kurzenne. En effet, il y avait trouvé une lettre sur l'enveloppe de laquelle était écrit: Roger Vincent, avec l'adresse de la maison. Quand il lui avait donné la lettre, il avait dit: «Tu sais, j'aime bien changer de prénom de temps en temps», comme s'il lui devait une explication.

Camille se tenait debout devant lui et l'observait en silence. Il croisa son regard. Se doutait-elle de quelque chose? Elle ne savait presque rien de lui, il ne lui avait jamais parlé de ce qu'avait été sa vie avant leur rencontre, et surtout il ne lui serait jamais venu l'idée saugrenue d'évoquer devant elle ses souvenirs d'enfance. Et puis, il avait le sentiment que seul l'instant présent l'intéressait.

Il ouvrit un à un les tiroirs de chaque côté du bureau pour vérifier leur contenu, et cela fit sourire Camille.

«Alors, tu fais une perquisition?»

Elle l'avait dit d'un ton moqueur, et le mot «perquisition» lui causa un certain malaise. Pourquoi avait-elle employé ce terme-là?

Les tiroirs de gauche étaient vides. Vides aussi les trois premiers tiroirs de droite. Mais le tiroir du bas contenait trois feuilles de papier à lettres et un carnet relié de cuir vert.

Camille s'était assise sur le divan étroit et appuyait son dos au mur. Et elle l'observait toujours, le sourire aux lèvres. Il s'agissait bien de trois feuilles de papier à lettres un peu jaunies par le temps, et vierges, au haut desquelles était imprimé en caractères filigranés : « Guy Vincent, 12, rue Nicolas-Chuquet, Paris XVII$^e$ ». Et le carnet de cuir vert était un agenda, mais, curieusement, il y manquait la page qui aurait indiqué l'année.

Il plia les feuilles de papier en quatre et les glissa dans la poche intérieure de sa veste, ainsi que l'agenda. La photo au cadre de cuir était trop grande pour qu'il puisse la cacher dans une autre poche. Camille avait remarqué son hésitation. Elle lui désigna son sac à main, presque de la taille d'un sac de voyage. Il y enfouit la photo.

« Tu connais Guy Vincent ? lui demanda-t-il.

— Je ne l'ai vu qu'une seule fois, quand j'ai commencé à travailler ici. Il n'est presque jamais à Paris. »

Elle parlait d'une voix calme, indifférente. Elle n'avait manifesté aucune surprise quand elle l'avait vu prendre les feuilles de papier à lettres, l'agenda et la photo.

« Tu ne saurais pas en quelle occasion Michel de Gama a connu Guy Vincent ? »

Elle ne semblait pas du tout étonnée par cette question.

« Je ne sais pas, moi… »

Elle avait haussé les épaules. Une telle indifférence et

une telle désinvolture lui semblèrent brusquement suspectes, et il se rappela le terme « perquisition » qu'elle avait employé, quand elle l'avait vu fouiller les tiroirs du bureau.

« Ils se sont connus en prison ? »

Il lui avait posé la question de manière brutale. Si elle en savait plus qu'elle ne voulait le dire sur Guy Vincent, c'était peut-être un moyen de la faire parler. Mais elle souriait toujours, comme si elle ne l'avait pas entendu.

« Tu devrais lui demander toi-même… »

Et cette réponse, elle l'avait prononcée du ton aimable de quelqu'un qui vous donne un conseil – en toute humilité.

*

Ils retrouvèrent Michel de Gama, seul, à la réception de l'hôtel, qui achevait une conversation au téléphone.

« Alors, elle vous a montré le bureau de mon associé Guy Vincent ? »

Lui aussi souriait, mais d'un sourire différent de celui de Camille, un sourire un peu forcé, comme si quelque chose le préoccupait. Peut-être ce que venait de lui dire son interlocuteur au téléphone. Tout à coup, Bosmans imagina que Michel de Gama avait voulu les rejoindre dans le bureau de son « associé Guy Vincent » et qu'au moment d'ouvrir la porte il avait surpris leurs propos, en particulier la phrase qu'il avait dite d'une voix trop forte : « Ils se sont connus en prison ? » Et il regretta aussitôt d'avoir prononcé une telle phrase et d'avoir perdu son sang-froid.

«J'étais surtout curieux de voir l'endroit où Camille travaillait.»

Cette fois-ci, il s'était efforcé de prendre le ton d'un bon jeune homme.

«Elle pourrait y travailler encore... Et nous sommes vraiment tristes qu'elle nous ait quittés.»

Bosmans aurait voulu savoir si ce «nous» concernait aussi Guy Vincent.

«N'est-ce pas, Camille? Nous ne nous attendions pas du tout à votre départ.»

Elle écartait timidement les bras, en signe d'impuissance, et semblait elle aussi une jeune fille candide.

«Il est tard, dit-elle en tendant la main à Michel de Gama. Il va falloir que nous nous quittions.»

Il les raccompagna jusqu'à l'entrée de l'hôtel et s'arrêta à la lisière du trottoir. La pensée que Bosmans avait eue tout à l'heure lui traversa de nouveau l'esprit: cet homme ne pouvait pas mettre un pied dehors, car il était interdit de séjour.

«J'aime beaucoup votre hôtel, dit-il à Michel de Gama. On doit s'y sentir au calme et c'est de plus en plus rare à Paris.»

Mais il jugea cela insuffisant, et il ajouta:

«Bravo à vous et à votre associé.»

Le sourire de Michel de Gama s'adoucit.

«Il aurait été très heureux de vous entendre.»

Il lui serrait la main, et Bosmans fut pris d'un vertige.

Il suffisait de quelques phrases pour basculer dans le vide : «Vous lui transmettrez mes amitiés... Peut-être votre associé se souvient-il encore de moi... C'était du temps où il aimait changer de prénom.»

«J'espère que nous nous reverrons très vite, lui dit Michel de Gama. Le plus vite possible.»

Il fut soulagé de marcher d'un pas ferme sur le trottoir et d'avoir résisté au vertige. Camille sortit de son sac à main la photographie de Guy Vincent et de sa femme dans son cadre de cuir.

«Tiens... avant que j'oublie...»

Elle ne semblait pas désireuse de savoir pourquoi il avait volé cette photo, l'agenda et les feuilles de papier à lettres. Et si Michel de Gama s'en apercevait? Cela non plus, apparemment, n'avait pas effleuré son esprit. Il s'était habitué à sa désinvolture, mais là, quand même, il s'étonnait de son manque de curiosité. Il se dit qu'après tout, si le dénommé Guy Vincent était lié pour lui à certains souvenirs d'enfance, cela ne la concernait pas et lui était totalement indifférent.

Il était impossible à Bosmans, après plus de cinquante ans, d'établir la chronologie précise de ces deux événements du passé : la traversée de la vallée de Chevreuse qu'il avait faite en voiture avec Camille et Martine Hayward et qui s'était achevée devant la maison de la rue du Docteur-Kurzenne, et la visite de l'hôtel Chatham où Camille et lui s'étaient retrouvés dans le bureau de Guy Vincent.

Tous les points de repère s'étaient effacés avec le temps, de sorte que ces deux événements, vus de si loin, lui paraissaient simultanés, et même finissaient par se mêler l'un à l'autre, comme deux photos différentes que l'on aurait brouillées par un processus de surimpression.

Une coïncidence le troublait. Par quel hasard Camille et Martine Hayward l'avaient-elles ramené, à deux reprises, à une période de son enfance à laquelle il ne pensait plus depuis quinze ans ? On aurait dit qu'elles le faisaient délibérément, dans un but qu'il ignorait, et qu'elles avaient été renseignées par quelqu'un sur certains détails du début de sa vie.

Camille avait fait des travaux de comptabilité à l'hôtel Chatham dans le bureau de Guy Vincent, et Martine Hayward avait loué la maison de la rue du Docteur-Kurzenne, dont Rose-Marie Krawell, à l'époque, était toujours la propriétaire. Et parmi les notes qu'il avait prises pour tenter de mettre de l'ordre dans tout cela figurait la réponse donnée par Camille quand il avait demandé à Martine Hayward si elle connaissait la propriétaire de la maison : « Je crois que c'est René-Marco qui la connaît. »

Aux notes, il avait ajouté une sorte de schéma, comme pour se guider dans un labyrinthe :

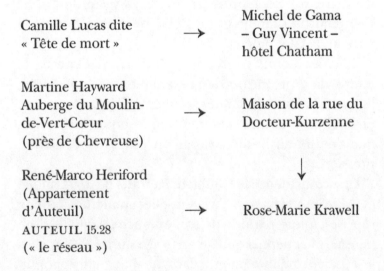

Camille Lucas dite « Tête de mort »  →  Michel de Gama – Guy Vincent – hôtel Chatham

Martine Hayward Auberge du Moulin-de-Vert-Cœur (près de Chevreuse)  →  Maison de la rue du Docteur-Kurzenne

René-Marco Heriford (Appartement d'Auteuil) AUTEUIL 15.28 (« le réseau »)  →  Rose-Marie Krawell

Et il se proposait de compléter ce schéma au fur et à mesure que lui reviendraient en mémoire, ou qu'il découvrirait au cours de ses recherches, d'autres noms en rapport avec ceux qu'il avait exhumés de l'oubli. Et peut-être parviendrait-il à dresser un plan d'ensemble.

C'était une entreprise difficile mais instructive. Vous croyez d'abord tomber sur des coïncidences, mais, au bout de cinquante ans, vous avez une vue panoramique de votre vie. Et vous vous dites que si vous creusiez en profondeur, comme les archéologues qui finissent par faire apparaître au grand jour toute une ville enfouie et l'enchevêtrement de ses rues, vous seriez étonné de découvrir des liens avec des personnes dont vous n'aviez pas soupçonné l'existence ou que vous aviez oubliées, un réseau autour de vous qui se développe à l'infini.

Ces belles réflexions ne l'empêchaient pas d'éprouver un malaise qu'il essayait de surmonter en se disant que son imagination lui jouait de mauvais tours. À certains moments de la journée, il en riait lui-même et dressait une liste de titres de romans qui traduisaient son état d'esprit :

— *Le Retour des fantômes*
— *Les Mystères de l'hôtel Chatham*
— *La Maison hantée de la rue du Docteur-Kurzenne*
— *Auteuil 15.28*
— *Les Rendez-vous de Saint-Lazare*

*– Le Bureau de Guy Vincent*
*– La Vie secrète de René-Marco Heriford*

Mais pendant la nuit, aux heures d'insomnie, il n'avait plus envie de rire. Il se persuadait que tous ces gens – même Camille – étaient au courant des moindres détails de son enfance, et surtout de cette longue période qu'il avait passée dans la maison de la rue du Docteur-Kurzenne. Et leur cercle, quinze ans plus tard, s'était resserré autour de lui. Un jeu du chat et de la souris dont il cherchait à comprendre les raisons.

À la seconde visite qu'il fit au début d'un après-midi dans l'appartement d'Auteuil, la porte de la loge du concierge était entrouverte, et il aurait bien voulu poser quelques questions à celui-ci. Il était certainement au courant des allées et venues de gens qui montaient le soir et la nuit à l'appartement et en sortaient au petit jour ; les autres habitants de l'immeuble avaient dû faire certaines réflexions là-dessus. Mais il préféra ne pas prendre le risque d'être vu.

Il était monté par l'ascenseur aux deux battants vitrés. Elle lui ouvrit sans qu'il ait eu besoin de sonner. Peut-être guettait-elle le claquement de la porte grillagée de l'ascenseur. Comme la première fois, elle le guida en silence jusqu'au salon, et ils s'assirent tous les deux côte à côte sur le divan de l'autre après-midi. La pile de magazines était toujours là, et l'un d'eux, aussi, ouvert au milieu du divan.

Sur la table basse, deux verres de jus d'orange. Elle en prit un et le lui tendit. La tache de soleil était à sa place, au mur, devant eux. Désormais, il viendrait ici chaque jour, à la même heure, et chaque fois elle ouvrirait la porte sans qu'il sonne. Et cela pendant des années et des années. *L'Éternel Retour du même,* un titre qu'il avait lu sur la couverture d'un livre de philosophie que lui avait prêté son professeur, Maurice Caveing.

« Le petit fait sa sieste ? »

Et ce serait la première phrase qu'il lui dirait après avoir pris place sur le divan – et cela jusqu'à la fin des temps.

« Non. Le mardi après-midi, il est au jardin d'enfants, tout près d'ici. »

Il sentit qu'elle voulait ajouter quelque chose, mais qu'elle cherchait les mots.

« J'ai eu peur que vous fassiez l'ancien numéro, AUTEUIL 15.28, et pas celui que je vous ai donné.

— Mais non. Je sais très bien faire la différence entre le jour et la nuit. »

Et c'était vrai qu'à cette heure-là, dans ce salon, tout paraissait clair, simple et naturel.

« L'autre fois, en sortant d'ici, il m'a semblé croiser dans la rue le docteur Rouveix. Un brun bronzé, aux cheveux courts, avec une serviette noire.

— C'était lui.

— Et tout s'est bien passé ?

— Oui. Ce n'était pas vraiment un vaccin, mais un rappel. »

Il aurait voulu que cette conversation se poursuive tout l'après-midi sur ce ton.

Il tenait son verre de jus d'orange à la main.

«Et si nous trinquions?»

Elle eut un bref éclat de rire.

«Volontiers.»

Leurs verres s'entrechoquèrent avec un son cristallin.

Il finit par demander:

«Et vous comptez rester encore quelque temps ici?

— Jusqu'à la prochaine rentrée scolaire. J'ai obtenu une place d'institutrice à Neuilly, à l'école Marymount. Vous connaissez?»

Non, il n'avait jamais entendu parler de cette école. Mais cela n'avait pas d'importance. Le nom «Marymount» était de bon aloi.

«Une école tenue par des sœurs irlandaises. J'ai persuadé M. Heriford d'y inscrire le petit. J'aurais l'impression de ne pas le quitter.»

Elle avait prononcé les derniers mots d'une voix grave, comme si elle se sentait responsable de cet enfant.

«J'ai beaucoup pensé à ce que vous m'aviez dit la dernière fois. Si je n'ai pas vraiment répondu à vos questions, c'est que je ne voulais pas me mêler de choses qui ne me regardent pas.»

Elle paraissait brusquement plus mûre que son âge; et ce contraste entre son allure d'adolescente, ou d'enfant trop vite grandie, et sa voix grave lui évoqua le personnage d'un roman qu'il lisait depuis quelques semaines: *La Petite Dorrit*.

«Moi-même, je me pose beaucoup de questions sur ces gens puisque j'ai la responsabilité de cet enfant.»

Elle but une gorgée de jus d'orange, sans doute pour se donner le courage de lui exposer ce qu'elle avait sur le cœur.

« Je suis entrée ici par l'entremise d'une agence de placement de nurses, de gouvernantes ou d'employées de maison... L'agence Stewart... »

Elle fronçait les sourcils. Apparemment, elle tentait de comprendre une situation qui lui semblait assez confuse. N'était-ce pas une démarche analogue à la sienne ? Qui sait ? Ils pourraient s'aider l'un l'autre. Elle avait sans doute deviné qu'ils se posaient tous deux les mêmes questions.

« Je ne sais pas grand-chose sur ce M. Heriford. À l'agence Stewart, ils m'ont dit que sa femme était morte ou bien avait disparu.

— Et pendant la journée, il n'est jamais là ?

— Jamais. Je crois qu'il part très tôt le matin. Je me demande même s'il dort ici. »

Elle paraissait soulagée de confier à quelqu'un des détails qu'elle observait autour d'elle, depuis qu'elle s'occupait de cet enfant. Et chaque soir, se dit-il, quand elle se retrouvait dans la chambre du fond, ce devait être éprouvant de se sentir en territoire inconnu.

« Il m'a seulement donné un numéro de téléphone où le joindre pendant la journée. »

Il lui aurait volontiers demandé de le lui montrer, mais c'était sans doute l'un de ces nouveaux numéros à chiffres qui vous laissent dans le vague. Au moins, avec l'indicatif des anciens numéros, on savait tout de suite de quel quartier il s'agissait. Et cela facilitait les recherches.

«Il travaille peut-être dans un bureau.

— Peut-être.»

Mais elle n'avait pas l'air d'en être convaincue.

«Vous m'aviez demandé quels étaient les gens qui venaient ici le soir ou la nuit. J'ai pu savoir les noms de quelques personnes.»

Elle se levait.

«Vous permettez? Je les ai notés dans un cahier.»

Elle quittait la pièce et il demeurait seul dans le salon silencieux et ensoleillé. La fenêtre était entrouverte et le feuillage du marronnier oscillait doucement. Le regard fixé sur ce feuillage, il se laissait bercer par lui. Cinquante ans après, il se souvenait de ce moment-là, où le temps s'était arrêté. Il se souvenait aussi de cette lumière de printemps dans laquelle il flottait et où désormais plus rien n'avait d'importance.

Quand elle revint dans le salon, il eut un sursaut, comme s'il se réveillait. Elle s'assit de nouveau à côté de lui. Elle tenait à la main un cahier d'écolière à la couverture bleu ciel. Elle l'ouvrit et elle pencha sur les feuilles quadrillées un visage studieux.

«Il y a bien, parmi ces noms, une Mme Hayward. Vous m'aviez dit, l'autre fois, que vous la connaissiez.»

Il était surpris qu'elle ait retenu ce nom. Cela prouvait qu'elle avait écouté attentivement le moindre de ses propos.

«Elle vient souvent ici, seule ou en compagnie de son

mari qui s'appelle Philippe Hayward. C'est un ami de
M. Heriford.

— Et Camille Lucas figure sur votre liste ? »

Il n'osait pas lui dire qu'on la surnommait « Tête de
mort ».

« Oui, elle aussi est une amie de M. Heriford. Je peux
vous citer d'autres noms. »

Elle consultait de nouveau son cahier. De ces noms,
trois lui évoquaient quelque chose. Andrée Karvé. Jean
Terrail. Guy Vincent. Et sûrement quelques autres, s'il
lisait cette liste à tête reposée.

« Et tous ces noms, vous les avez trouvés où ?

— Dans l'agenda de M. Heriford. Il l'avait oublié ici
la semaine dernière. Ce sont certainement des gens qui
viennent la nuit. »

Elle refermait le cahier. Elle attendait qu'il fasse un
commentaire là-dessus, et peut-être même qu'il lui
donne la solution d'une énigme.

« Je connais les noms de certaines personnes. Si vous
me confiez la liste, je suis sûr que, parmi tous ces noms,
d'autres me rappelleront quelque chose. Et nous com-
prendrons mieux ce qui se passe ici. »

Elle l'écoutait attentivement et hochait la tête. Il était
surpris par tant de bonne volonté.

« Il vaudrait mieux que vous ne reveniez plus ici la
nuit, dit-elle. C'est trop risqué… Ce ne sont pas des gens
de bonne compagnie. »

Il sentit qu'elle se faisait du souci pour lui et qu'elle

cherchait même à le protéger. Et cela le toucha de la part d'une fille de si frêle apparence.

«Je serai rassurée quand je prendrai mon poste à Marymount. Et pour le petit, ce sera beaucoup mieux d'être inscrit là-bas.»

Elle était au bord de lui faire une confidence. Enfin, elle se décida:

«J'ai failli en parler au docteur Rouveix pour lui demander un conseil, mais maintenant que vous êtes là...

— Surtout, ne vous faites pas de souci.»

Il haussa les épaules et désigna la fenêtre entrouverte.

«Je n'ai jamais vu un printemps aussi beau à Paris.»

Elle avait le regard fixé sur la fenêtre et le feuillage du marronnier. Elle se tourna vers lui et, apparemment, toute inquiétude chez elle s'était dissipée.

Il se demandait s'il avait bien dit sur le moment: «Je n'ai jamais vu un printemps aussi beau à Paris», ou si ce n'était pas plutôt le souvenir de ce printemps-là qui lui faisait écrire ces mots aujourd'hui, cinquante ans après. Il y avait de fortes probabilités qu'il n'ait rien dit du tout.

«Pendant que j'y pense... Je ne sais pas si cela vous intéressera...»

Elle feuilletait le cahier d'une main légère et s'arrêta sur une page où elle avait apparemment noté quelque chose.

«M. Heriford n'est pas locataire de cet appartement. C'est une amie qui le lui prête. Au début de mon travail ici, il y a deux ans, il m'avait envoyée deux ou trois fois porter des lettres pour elle. »

La tête penchée sur le cahier, elle fronçait les sourcils, comme s'il lui fallait lire un mot difficile à déchiffrer.

« Elle s'appelle Rose-Marie Krawell.

— Ah bon. Et elle habite à Paris ?

— Sur les enveloppes, il y avait une adresse dans le Midi. Ce nom vous dit quelque chose ?

— Non. Rien. »

Il s'était efforcé de rester impassible. Après tout, elle lui tendait peut-être un piège. Mais il n'avait vraiment aucune raison de se méfier d'elle, comme il se méfiait de « Tête de mort » et de Martine Hayward.

« Et vous l'avez déjà vue ici ?

— Une fois, il y a deux ans. Elle était venue voir M. Heriford. Une femme d'une cinquantaine d'années, blonde, les cheveux assez courts et qui fume beaucoup. »

Il eut envie de lui demander si Rose-Marie Krawell utilisait toujours un briquet pour allumer ses cigarettes, ce petit briquet parfumé, en argent, qu'elle lui prêtait en lui recommandant de faire attention à la flamme.

« Elle tutoyait M. Heriford. »

Il gardait le silence en attendant qu'elle lui donne d'autres détails. Mais c'était tout ce dont elle se souvenait de Rose-Marie Krawell.

Décidément, le cercle se resserrait autour de lui. S'il avait été seul, il aurait éprouvé une certaine inquiétude, mais, là, en compagnie de celle qu'il appelait déjà en pensée « la petite Dorrit », il eut presque envie de rire. Ainsi, Rose-Marie Krawell, quinze ans après, était toujours propriétaire de la maison de la rue du Docteur-Kurzenne qu'avaient visitée «Tête de mort» et Martine Hayward, et propriétaire aussi de cet appartement d'Auteuil où «Tête de mort» l'avait entraîné, et, de surcroît, celle-ci avait fait des travaux de comptabilité dans le bureau de Guy Vincent... Il finissait par se persuader que tous ces gens tissaient une toile d'araignée où ils espéraient le prendre. Mais dans quel but? Et depuis quand le suivaient-ils à la trace?

«Vous avez l'air soucieux.»

Pas vraiment soucieux. Mais il eut un vertige en voyant brusquement apparaître comme sur l'écran d'un appareil de radiographie les liens qui unissaient les unes aux autres ces personnes. En quinze ans, ces liens s'étaient ramifiés et formaient avec de nouveaux venus un réseau très serré dont il faisait lui aussi partie, à son insu, comme au temps de son enfance.

«Nous n'avons aucune raison d'être soucieux, ni l'un ni l'autre.»

Elle sourit et elle but une gorgée de jus d'orange.

«Au fait, il n'y aurait pas dans la liste un certain Michel de Gama? Gama avec la particule?»

Elle ouvrit de nouveau son cahier et relut la première page. Au bout d'un long moment, elle dit:

«Pas avec la particule.»

Et elle épela le nom: Michel Degamat.

Il comprit pourquoi, dans le café de Saint-Lazare, le prétendu de Gama avait eu cette réaction violente quand lui, Bosmans, avait fait allusion à Vasco de Gama. Michel Degamat. Tel était le nom qui figurait sans doute sur une fiche anthropométrique avec une photo de face et une autre de profil et, au bas de celles-ci, la date où elles avaient été prises à la préfecture de police. Sa première impression était peut-être la bonne : ce Michel Degamat avait connu Guy Vincent au cours d'un séjour en prison à l'époque de la maison de la rue du Docteur-Kurzenne. Sinon, où l'aurait-il connu ? Il se souvenait d'une conversation téléphonique qu'il avait surprise un matin en passant devant la porte de la chambre qu'occupait Rose-Marie Krawell, et particulièrement de cette phrase : « Guy vient de sortir de prison », une phrase qu'il entendait encore, après quinze ans, dite de la voix grave et légèrement enrouée de Rose-Marie Krawell. Les adultes devraient parler toujours à voix basse, car il faut se méfier des enfants.

« Je vais vous poser une dernière question, lui dit-il en souriant. Est-ce que vous auriez vu, ici, un autre ami de M. Heriford, un certain Guy Vincent ?

— Guy Vincent ? »

Elle avait prononcé le nom à voix basse, et ce nom, venant de si loin dans le temps, lui fit un drôle d'effet.

« Un homme très grand, très élégant, les cheveux châtain clair, ou peut-être gris. »

Elle fronça de nouveau les sourcils à la façon d'une écolière que l'on vient d'interroger à l'improviste et qui cherche la meilleure réponse.

« Un homme très grand qui ressemblait à un Américain ?

— Oui.

— M. Heriford m'avait dit qu'il habitait en Amérique. Il était venu une fois... Il avait apporté un cadeau pour le petit... »

Les cadeaux, c'était une habitude de Guy Vincent, du temps de la rue du Docteur-Kurzenne. Il se rappelait la boussole en métal argenté dont Guy Vincent avait fait graver le couvercle à son nom : Jean Bosmans. Il l'avait gardée pendant des années, et on la lui avait volée dans l'un des pensionnats où il avait passé son adolescence. Il n'avait jamais pu se résoudre à cette perte. Une boussole. Peut-être Guy Vincent avait-il pensé qu'elle l'aiderait à se guider dans la vie.

Elle avait refermé son cahier et il renonça à lui poser d'autres questions, comme il avait renoncé à lui expliquer pourquoi il les lui posait. Il aurait été obligé de lui parler de son enfance et des personnes étranges qu'il avait côtoyées à cette époque-là. Quelqu'un avait écrit : « On est de son enfance comme on est d'un pays », mais encore fallait-il préciser de quelle enfance et de quel pays. Cela aurait été difficile pour lui. Et il n'en avait vraiment pas le courage ni l'envie, cet après-midi-là.

Elle avait regardé sa montre-bracelet.

« C'est bientôt l'heure où je dois aller chercher le petit.

— Je peux vous accompagner un bout de chemin... »

Ils suivaient tous les deux la rue où il avait croisé, l'autre après-midi, le docteur Rouveix. C'était le même temps printanier que ce jour-là. Il suffisait de marcher avec elle sous le soleil et de respirer l'air léger pour que les gens dont elle lui avait cité les noms perdent toute réalité. Même s'ils avaient mené une vague existence dans un passé lointain, on ne trouverait désormais plus aucune trace d'eux dans la lumière du présent. Et leurs noms n'évoqueraient plus aucun visage pour personne.

Elle tenait son cahier à la main.

« Je suis désolé de vous avoir posé toutes ces questions.

— Mais non… cela m'a soulagée de pouvoir éclaircir les choses avec vous. »

Elle ouvrait son cahier et déchirait la première page.

« Tenez… j'avais oublié de vous donner la liste des noms. »

Elle pliait la feuille en quatre et la lui tendait.

« Peut-être d'autres noms que vous y lirez nous permettront de voir encore plus clair. Vous me le direz la prochaine fois. »

Elle lui prit le bras comme si elle voulait le guider.

Ils étaient arrivés à la porte d'Auteuil, et elle l'entraîna dans une rue qu'il ne connaissait pas, bien qu'il eût souvent arpenté le quartier. Ils marchaient le long du trottoir de gauche où l'on devinait, derrière les immeubles, une grande étendue de verdure qui devait être un parc, ou le début du bois de Boulogne. Ou tout simplement une prairie. Si quelques voitures n'avaient pas été garées devant ces immeubles, Bosmans aurait pu croire qu'au bout de la rue ils se retrouveraient en pleine campagne.

Elle s'arrêta à la hauteur d'une grille sur laquelle une plaque de cuivre indiquait: ÉCOLE SAINT-FRANÇOIS. JARDIN D'ENFANTS. Elle consulta sa montre-bracelet.

« Il vaut mieux que nous nous quittions. Vous revenez quand?

— Demain, si vous voulez. Toujours à la même heure. »

Elle lui sourit. Derrière la grille, elle lui fit un signe de la main. Il eut la tentation de les attendre, là, sur le trottoir. Il aurait bien voulu le connaître, cet enfant.

Il suivit la rue en sens inverse, et elle était si calme et si champêtre qu'il lui semblait marcher loin de Paris. C'était l'heure bleue, comme aurait dit Guy Vincent.

Dans l'agenda à la couverture de cuir vert, cet agenda dont on ne pouvait pas savoir l'année, la plupart des pages étaient blanches. Guy Vincent avait noté des rendez-vous de la vie quotidienne. Mercredi 5 janvier : coiffeur. 18 février : Eliott Forrest. Hôtel Lancaster. Jeudi 15 mars : garage Banville. Mercredi 14 mai : tailleur. Austen, rue du Colisée. 18 septembre : 9 h 45, Gaëlle, gare d'Austerlitz. 19 octobre : 11 h, Jean Terrail, 33, rue Chardon-Lagache... Mais en tombant sur la page du 20 octobre, il eut un coup au cœur. Il était écrit : Jean Bosmans, 38, rue du Docteur-Kurzenne. Boussole.

C'était sûrement le jour où Guy Vincent lui avait apporté la boussole dont il avait fait graver le couvercle à son nom. Il se rappela que cela se passait dans la période de la rentrée des classes. Il n'allait plus à l'école Jeanne-d'Arc, mais un peu plus loin, à l'école communale du village. Il gardait la boussole dans l'une des poches de sa blouse mais évitait de la montrer à ses camarades.

Il fut surpris de voir son nom dans cet agenda parmi les pages blanches – et surtout quinze ans après. On aurait dit qu'à travers toutes ces années un éclat de lumière lui parvenait enfin, celui d'une étoile morte.

À partir de cette date du 20 octobre, toutes les pages étaient blanches, jusqu'à la fin de l'année. Il aurait bien aimé avoir entre les mains l'agenda de l'année suivante. Mais il n'y avait sans doute pas eu d'agenda cette année-là. La phrase qu'il avait entendue derrière la porte de la chambre et qu'avait dite de sa voix grave, au téléphone, Rose-Marie Krawell : « Guy vient de sortir de prison », c'était bien après qu'il lui avait donné la boussole.

C'était un après-midi d'été. Il se souvenait de la tache de soleil sur la porte de la chambre et de la mouche qui la traversait lentement et qu'il ne pouvait quitter du regard. Il n'osait plus bouger. Un jour de chaleur et de vacances. Juillet ou bien août, certainement. Un été qui, avec la distance, était devenu intemporel. À quoi bon tenter de retrouver le mois exact ou l'année ? Il restait là, figé, devant la tache de soleil sur la porte.

À la fin des années 90, Bosmans avait reçu la lettre suivante :

*Cher Monsieur,*

*Je suis un lecteur de vos livres et j'ai remarqué que dans ceux-ci, à plusieurs reprises, vous faites allusion à un certain Guy Vincent, que vous appelez parfois Roger Vincent. Il me semble que c'est le même homme.*

*Je suppose qu'il existe plusieurs Guy (ou Roger) Vincent en France, mais d'après ce que vous écrivez de votre « personnage », je suis persuadé que le Guy Vincent (ou Roger) de vos livres est bien celui que j'ai connu il y a longtemps. C'est pourquoi je me permets de vous écrire.*

*J'ai connu Guy Vincent au lycée Pasteur de Neuilly. Nous avions seize ans tous les deux et nous étions en classe de seconde. C'était un garçon très sympathique, un peu casse-cou, « tête brûlée », comme on dit, mais toujours prêt à rendre service aux autres et à les soutenir quand ils étaient dans la peine. Il avait quitté le lycée au milieu de l'année scolaire pour s'inscrire dans un cours privé* où j'allais le chercher de temps en temps. Il m'emmenait au cinéma Balzac pour voir les films américains, et dans divers cafés des Champs-Élysées et de Montparnasse où il avait déjà ses habitudes à dix-sept ans. Je l'avais raccompagné une fois chez lui, dans un appartement du côté de la place Pereire, où il vivait avec sa mère. Il m'avait dit qu'elle était d'origine américaine. Guy faisait partie de l'équipe de ski junior (?) ou universitaire (?) et m'avait envoyé une photo de lui, lors d'une compétition, que je joins à ma lettre.

Et puis la guerre est venue et nous nous sommes perdus de vue. Je l'ai croisé par hasard quelque temps après la Libération. Il m'a expliqué qu'il travaillait à l'ambassade américaine. Il s'était marié et nous nous sommes revus plusieurs fois avec sa femme Gaëlle. Ils habitaient un petit hôtel particulier du côté du boulevard Berthier. Guy m'avait expliqué qu'il avait été réquisitionné pour lui par l'ambassade américaine. Ensuite, j'ai pensé qu'il avait quitté la France, car le téléphone ne répondait plus à son domicile. Et à l'ambassade américaine, où j'avais essayé de le joindre, on ne le connaissait pas. Je n'ai plus eu aucune nouvelle de lui, ni de sa femme.

Sauf une dizaine d'années plus tard, par un magistrat de mes amis qui avait été dans notre classe au lycée Pasteur. Il m'a dit que Guy avait eu, à plusieurs reprises, des ennuis judiciaires, notamment pour avoir été mêlé à une importante escroquerie «sur les chèques postaux», à laquelle je n'ai rien compris quand cet ami a voulu m'en expliquer les détails. Et d'ailleurs, Guy n'y aurait rien compris non plus, tel que je l'ai connu. C'est pourquoi je crois à son innocence.

*J'ignore s'il vit encore. Nous ne sommes plus très jeunes,*
*lui et moi, comme vous pouvez l'imaginer. Peut-être vous*
*a-t-il fait signe à la suite de vos livres. En tout cas, je peux*
*témoigner que c'était ce qu'on appelle un brave garçon.*

À la lettre, signée des initiales N. F., était jointe une
photo d'un très jeune homme en tenue de ski. Au
dos de la photo, il était écrit à l'encre noire : Megève.
Février 1940. Championnat universitaire de ski. Des-
cente de Rochebrune. 2$^e$ Vincent, derrière Rigaud et
Dalmas de Polignac ex aequo.

Un soir, Camille lui posa des questions insidieuses. Elle avait quitté son travail à Saint-Lazare, et même son domicile. Elle habitait maintenant une chambre au 65, quai de la Tournelle, une vieille maison basse qui était un hôtel et dont elle semblait la seule cliente. Sa fenêtre donnait sur la Seine. Enfin, elle avait trouvé une place de comptable dans un grand garage des Fossés-Saint-Bernard.

Elle n'avait pas donné de raisons précises à ce brusque repli sur la rive gauche, sinon qu'elle voulait « changer d'air ». Quand il lui avait demandé sur un ton ironique si ce n'était pas pour « couper les ponts » avec Michel de Gama et l'hôtel Chatham, elle s'était contentée de hocher la tête affirmativement, sans le moindre commentaire.

Ce soir-là, dans le minuscule restaurant vietnamien de la rue des Grands-Degrés, près du quai, la conversation s'orienta sur un terrain où il sentit qu'il devait faire preuve d'une certaine prudence.

Ils venaient de s'asseoir à leur table, et elle lui dit de manière assez brutale :

« Il y a une chose que j'aimerais savoir : pourquoi as-tu volé l'agenda et la photo de ce Guy Vincent ? »

Il comprit aussitôt que, cette question, elle voulait la lui poser depuis longtemps, et qu'elle s'était enfin décidée. Jusqu'ici, il avait cru que cela lui était totalement indifférent.

« J'ai commencé un roman et j'ai besoin d'objets précis pour m'aider à écrire. À partir de cette photo et de cet agenda, je peux faire travailler mon imagination. »

Il avait tenté d'être le plus sérieux et le plus convaincant possible.

« Mais pourquoi ce Guy Vincent ? »

Elle insistait d'une manière qui lui sembla suspecte. Il fallait désormais peser ses paroles.

« Avec la photo et l'agenda, cela me facilite les choses pour en faire un personnage de roman. Ça aurait pu tomber sur un autre. Sur Michel de Gama, par exemple. Ou sur toi.

— Vraiment ? »

Elle le fixait d'un drôle de regard. Elle n'avait pas du tout l'air convaincu. Il devina qu'une autre question lui brûlait les lèvres, une question qui risquait de le mettre en difficulté.

« J'ai feuilleté l'agenda de ce Guy Vincent. Pourquoi, sur l'une des pages, a-t-il écrit ton nom ?

— Oui, c'est drôle… Mais Bosmans est un nom très courant en Belgique et dans le nord de la France. »

Elle paraissait décontenancée. Il avait fait cette réponse d'un ton calme. Il ajouta :

« Et d'ailleurs, cet agenda date d'une vingtaine d'années... À l'époque, je devais être encore au berceau... »

Elle eut un léger sourire.

« Oui, mais c'est le même prénom.

— Tout le monde s'appelle Jean. »

Il y eut un long silence entre eux, et celui-ci lui aurait semblé plus pesant si la radio n'avait pas été allumée sur le comptoir du restaurant, comme d'habitude.

« Et ce qui est encore plus curieux, c'est l'adresse qu'il a écrite – l'adresse de la maison que nous avons visitée l'autre jour avec Martine Hayward.

— Ah bon ? Tu en es sûre ? »

Il avait fait de son mieux pour prendre un air étonné, mais il était las de jouer à ce jeu.

« J'en suis sûre. »

Elle le fixait de nouveau d'un drôle de regard.

« Il est peut-être allé lui aussi dans cette maison. »

Mais il lui sembla qu'il en avait trop dit.

« Peut-être. »

Elle haussa les épaules. Et la conversation reprit un cours normal. Elle lui parla de son travail de comptabilité au garage de la rue des Fossés-Saint-Bernard et lui confia combien elle était contente d'habiter désormais ce quartier.

Un autre soir, ils marchaient le long des quais de la Tournelle et de Montebello. Un soir de printemps. Et il lui fit la remarque que, vraiment, l'on sent mieux la douceur de cette saison en se promenant le long de ces quais et des petites rues avoisinantes qu'à Saint-Lazare et à Pigalle.

Elle lui posa brusquement la question :

« Tu es heureux, Jean ?

— Oui. »

Il l'avait dit sans beaucoup d'enthousiasme.

À cet instant-là, il eut envie de répondre avec franchise aux questions qu'elle lui avait posées dans le restaurant vietnamien. Oui, ce Jean Bosmans dont le nom figurait dans l'agenda de Guy Vincent, c'était bien lui. Et, à l'époque, j'habitais dans la maison que vous avez visitée, toi et Martine Hayward, au 38, rue du Docteur-Kurzenne.

Il éprouvait de la méfiance pour Camille bien qu'elle n'eût aucune mauvaise intention à son égard. Elle lui cachait certaines choses, mais cela lui donnait un charme particulier. L'un de ses livres de chevet, avec les *Mémoires* du cardinal de Retz et quelques autres ouvrages, était un traité de morale qui s'intitulait *L'Art de se taire*. Depuis son enfance, il avait toujours essayé de pratiquer cet art-là, un art très difficile, celui qu'il admirait le plus et qui pouvait s'appliquer à tous les domaines, même à celui de la littérature. Son professeur ne lui avait-il pas appris que la prose et la poésie ne sont pas faites simplement de mots mais surtout de silences?

Dès leur première rencontre, il avait remarqué chez Camille une grande aptitude au silence. Les gens, d'ordinaire, en disent beaucoup trop. Il avait vite compris qu'elle garderait toujours le silence sur son passé, ses relations, son emploi du temps, et peut-être aussi ses activités de comptable. Il ne lui en voulait pas de cela. On aime les gens tels qu'ils sont. Et même si l'on ressent une certaine méfiance à leur égard. Un détail, pourtant, le préoccupait: le moment où il s'était retrouvé en compagnie de Camille à l'hôtel Chatham dans le bureau de Guy Vincent. Il avait pensé aux figures de cire à taille humaine que l'on expose au musée Grévin: lui, assis derrière le bureau sur lequel était disposée dans un cadre de cuir une photo de Guy Vincent, et l'un des tiroirs du bureau où l'on découvrait l'agenda et les feuilles d'un papier à lettres à son nom. Au musée Grévin, on aurait intitulé la scène: «Un visiteur dans le bureau de Guy Vincent». Et il se demandait si ce n'était pas Michel de Gama et Camille qui avaient préparé un tel décor la veille de sa visite, avec de vieux accessoires, et sachant qu'il avait connu Guy Vincent, jadis, dans son enfance. Et d'ailleurs, son nom: Jean Bosmans, avec l'adresse de la maison: rue du Docteur-Kurzenne, figurait sur l'une des pages de l'agenda, et ils le savaient. Mais toutes ces précautions pour reconstituer en son honneur « le bureau de Guy Vincent » avaient été prises dans quel but? Camille devait avoir une idée là-dessus.

Ce soir de printemps-là, après avoir suivi les quais, ils s'étaient engagés dans la rue Saint-Julien-le-Pauvre. Et il décida de lui poser la question, sans grand espoir d'obtenir une réponse de sa part.

« Bizarre, non, cette visite dans l'ancien bureau de ce Guy Vincent? »

Elle lui avait pris le bras et il sentit sa main se crisper.

« On avait l'impression de se trouver au musée Grévin. »

Il espérait que cette réflexion la détendrait, et l'amènerait peut-être à faire une confidence. Mais non, rien. Elle restait muette.

Ils étaient arrivés à la hauteur du jardin et de l'église grecque. Elle leva la tête vers lui.

« Jean… il faut que tu sois prudent. Il y a des personnes qui te veulent du mal. »

Elle l'avait dit très vite, et non pas de la voix traînante et placide qui était la sienne d'habitude. Il ne s'attendait pas du tout à cela.

« Et quelles sont ces personnes? Peut-être Michel Degamat? Degamat sans la particule? »

Il avait prononcé cette phrase en la fixant droit dans les yeux, mais elle gardait de nouveau le silence. Ils firent demi-tour en direction des quais. En marchant, elle lui serrait le bras plus fort. Décidément, elle pratiquait l'art de se taire presque aussi bien que lui. Mais cela ne les empêchait pas de se comprendre à demi-mot.

«Tête de mort», ou plutôt Camille, car il se lassait à la longue d'écrire «Tête de mort», quitta Paris pour quelques jours. Elle lui dit que son patron l'envoyait à Bordeaux vérifier les comptes d'un autre de ses garages. Sur le moment, il ne se demanda pas si elle mentait pour justifier son absence. Ce fut le lendemain, après son départ, qu'il se posa quelques questions.

Vers midi, on frappa à la porte de la chambre du quai de la Tournelle, et quand il ouvrit il fut étonné de voir devant lui Martine Hayward.

«Bonjour, Jean.»

Elle ne l'avait jamais appelé par son prénom, et depuis que Camille habitait cette chambre il ne l'avait jamais vue avec elle dans ce quartier.

Il la fit entrer, et elle s'assit sur le bord du lit, comme si cette chambre lui était familière.

«Excusez-moi de venir ici à l'improviste, mais j'ai un service à vous demander.»

Elle lui souriait d'un air gêné.

« Je sais que Camille est absente, sinon c'est à elle que j'aurais demandé ce service. »

Il restait debout, devant elle, étonné de la voir assise sur ce lit, dans cette chambre. Il avait brusquement l'impression qu'elle y habitait et qu'il lui rendait visite.

« J'emménage dans la maison que nous avons visitée il y a quinze jours. Vous vous en souvenez, Jean ? Figurez-vous que j'ai perdu mon permis de conduire avec d'autres papiers. »

On aurait dit qu'elle récitait un texte qu'elle venait d'apprendre et qu'elle hésitait sur les mots.

« Je dois encore aller chercher quelques affaires dans l'hôtel de mon mari, du côté de Chevreuse, où nous sommes passés la dernière fois. Et les déposer dans ma nouvelle maison. Pouvez-vous m'y conduire en voiture ? »

Il ne savait quoi lui répondre. Son insistance à l'appeler « Jean » lui semblait suspecte.

« Ma voiture est en bas. Je l'ai conduite d'Auteuil jusqu'ici sans permis en craignant un contrôle.

— Auteuil ?

— Mais oui, Jean. Pendant ce déménagement, je passe mes nuits dans l'appartement d'Auteuil. »

Décidément, on revenait toujours sur les mêmes lieux. Il eut une pensée pour Kim et pour les après-midi ensoleillés. Et puisque Martine Hayward était assise, là, sur le lit, il était tenté de lui demander comment se déroulaient les nuits dans l'appartement d'Auteuil.

«Vous comprenez, Jean... le trajet est long, sans permis, jusqu'à la vallée de Chevreuse. Ce serait plus prudent si vous conduisiez. Je sais que je suis une idiote, mais j'ai toujours eu peur des contrôles de police.»

Le même trajet, dans la même voiture. Mais il n'était pas dans le même état d'esprit que la première fois, et il éprouvait une certaine appréhension à la perspective de retrouver bientôt la maison de la rue du Docteur-Kurzenne. Il se rappelait le moment qu'il avait passé avec Camille dans «le bureau de Guy Vincent», assis comme un homme de cire du musée Grévin. Et c'était maintenant Martine Hayward qui l'entraînait sur les lieux du passé, Martine Hayward dont il se méfiait beaucoup plus que de Camille, et dont il lui serait plus difficile encore de deviner les arrière-pensées.

Cette fois-ci, ils étaient sortis de Paris par la porte de Châtillon. Il connaissait bien l'itinéraire, mais il n'avait pas conduit depuis longtemps. Il se demanda s'il avait son permis dans son portefeuille et il préféra ne pas le vérifier. De toute façon, il était couvert par une sorte d'immunité, comme dans les rêves où vous avez toujours, si la situation tourne mal, la possibilité de vous réveiller.

On entrait dans la vallée de Chevreuse. Il le sentit à la fraîcheur de l'air et à la lumière douce, vert et or, qui filtre à travers le feuillage des arbres. Oui, c'était peut-être la sensation de revenir après quinze ans dans le passé.

« Vous êtes souvent dans cet appartement d'Auteuil ? »

Sous l'influence apaisante de la vallée de Chevreuse, à travers laquelle il avait l'impression de se laisser glisser non pas dans une voiture mais plutôt le long d'une rivière, dans un canoë, il ne se méfiait plus vraiment de Martine Hayward.

« Vous savez, je sers un peu de secrétaire et de collaboratrice à René-Marco... L'appartement où il habite est assez grand... C'est un lieu de rencontre... une sorte de club où les gens se retrouvent le soir, et même la nuit.

— Une maison de rendez-vous ?

— Oui. Appelons cela une maison de rendez-vous. »

Elle avait haussé les épaules, et il comprit qu'elle n'avait pas envie d'en dire plus. Mais, après un long moment de silence :

« René-Marco est un ami de mon mari. Il a un petit garçon, mais sa femme l'a quitté il y a deux ans. Comment vous dire ? C'est un instable et quelqu'un qui vit d'expédients. Un peu comme mon mari... »

Il fut surpris d'une telle confidence de sa part. Et, comme si elle voulait lui faire oublier les derniers mots qu'elle avait prononcés :

« Il y a quelque chose de curieux, figurez-vous... La

propriétaire de la maison que j'ai louée est la même que celle de l'appartement d'Auteuil. »

Elle s'était tournée vers lui et lui souriait. Peut-être guettait-elle une réaction de sa part.

« D'ailleurs, c'est assez logique, puisque c'est la marraine de René-Marco.

— Vous la connaissez ? »

Il lui avait posé la question d'un ton indifférent.

« Pas vraiment. J'ai dû la voir une fois chez René-Marco. Une certaine Rose-Marie Krawell. »

Son regard s'attardait sur lui sans qu'il puisse très bien savoir si elle épiait l'effet que lui faisait ce nom.

« René-Marco lui a emprunté beaucoup d'argent. Et mon mari aussi. Ils l'ont bien connue quand ils étaient plus jeunes. »

Elle semblait se parler à elle-même ; ou bien cherchait-elle à le mettre en confiance pour qu'il parle lui aussi ?

« Elle habite maintenant sur la Côte d'Azur.

— Et vous avez son adresse ?

— Non. Pourquoi ? »

Il regrettait de lui avoir posé cette question. Mais c'était plus fort que lui.

« Parce que le nom me dit quelque chose. »

De nouveau, son regard fixé sur lui. Elle attendait peut-être qu'il s'exprime de manière plus précise. Ou bien le regardait-elle tout simplement sans aucune arrière-pensée. Dans l'incertitude, il décida de se taire pendant le reste du trajet.

*

Il arrêta la voiture juste devant le perron de l'auberge du Moulin-de-Vert-Cœur, et le bâtiment, de si près, lui sembla plus délabré que la première fois. Il la suivit dans le couloir d'entrée. Au bout de celui-ci, le bureau de la réception. Au mur, les clés des chambres. Elle en décrocha une au passage et ils montèrent un large escalier dont la rampe et les marches étaient de bois clair. On avait le sentiment, à l'entrée de l'hôtel, que tous les clients avaient pris la fuite la veille d'une déclaration de guerre ou d'une révolution.

Au premier étage, elle ouvrit la porte de la chambre 16. Le feuillage d'un arbre se glissait par l'entrebâillement de la fenêtre. Les clients ne reviendraient plus, l'hôtel était cerné par la forêt dont la végétation envahirait peu à peu le restaurant, la réception, l'escalier et les chambres. Un placard était grand ouvert, et ses étagères vides. Dans le coin de la pièce, à côté de la fenêtre, un divan avec une couverture en fourrure. Un bureau, face à la fenêtre, et, derrière le bureau, un fauteuil sur lequel était posée une valise de cuir noir, de la même taille que celle que Martine Hayward était venue chercher, la première fois.

«Vous voyez, je n'ai pas beaucoup de bagages.»

Elle s'était assise sur le bord du divan. Elle lui fit signe de venir à côté d'elle.

108

«C'est la dernière fois que je suis dans cette chambre.»

Il y eut un coup de vent et l'un des battants de la fenêtre cogna contre le mur. Elle s'était rapprochée de lui et elle posa la tête sur son épaule. Elle lui chuchota à l'oreille :

«Si vous saviez toute la tristesse de ma vie...»

Puis elle l'entraîna sur le divan, un divan large et bas, comme ceux du salon de l'appartement d'Auteuil.

*

À l'entrée du village et après avoir dépassé la mairie et le passage à niveau, il éprouva une légère appréhension. Peut-être lui avait-elle tendu un piège et, dans la maison de la rue du Docteur-Kurzenne, l'attendaient Michel de Gama et quelques comparses qui avaient préparé pour lui, comme à l'hôtel Chatham, un nouveau tableau digne du musée Grévin : «Retour, après quinze ans, dans la maison de son enfance». Et il comprendrait enfin ce que ces gens voulaient de lui.

Mais quand il fut arrivé au bout de l'allée en pente et qu'il arrêta la voiture, il eut la certitude qu'il ne risquait rien. La rue était déserte et silencieuse.

Il sortit avec elle de la voiture et prit la valise de cuir noir sur la banquette arrière. Il franchit derrière elle le petit portail qui donnait sur la rue, gravit les trois marches et posa la valise sur le perron de la maison.

«Je vous attends dans la voiture.»

Elle parut d'abord surprise qu'il ne veuille pas entrer dans la maison, puis elle lui sourit.

Et, avant qu'elle n'ouvre la porte, il fit demi-tour en direction de la rue.

Et c'était maintenant le même itinéraire pour regagner Paris. Les Metz, les hangars et la piste de l'aérodrome de Villacoublay derrière lesquels il devinait la Cour Roland, le bois de l'Homme Mort, puis les pelouses et le jardin potager du Montcel, le Val d'Enfer et la Bièvre qui coulait dans un murmure de cascade. Et, plus loin encore, la vallée de Chevreuse.

Elle regardait la route, droit devant elle.

« Je comprends que vous n'ayez pas voulu entrer dans la maison. Cela vous rappelait trop de souvenirs. »

Il aurait pu être surpris par ces mots, les premiers qu'elle prononçait depuis qu'ils avaient quitté la rue du Docteur-Kurzenne. Ainsi, elle était au courant de tout, et voilà qu'il trouvait cela parfaitement naturel et qu'il s'y attendait, comme dans ces rêves où l'on sait déjà ce que les gens vont vous dire puisque tout recommence et qu'ils vous l'ont déjà dit dans une autre vie.

« Pas besoin que vous parliez, Jean. Je comprends. »

Oui, pas besoin de parler. Ils étaient arrivés au

Petit-Clamart, là où il avait pris un bus pour Paris après avoir marché des kilomètres, le jour de sa fugue du pensionnat.

« Tout à l'heure, je ne voulais pas vous faire de peine... Mais Rose-Marie Krawell est morte l'année dernière. »

De la peine? Il n'en éprouvait pas vraiment, bien qu'il eût des souvenirs de cette femme dans la maison de la rue du Docteur-Kurzenne. Il avait espéré que Kim lui donnerait son adresse sur la Côte d'Azur, car elle avait posté à cette adresse des lettres de « René-Marco ». Et peut-être saurait-elle son numéro de téléphone. Il avait même rêvé qu'il lui téléphonait. Elle avait une voix lointaine, comme les voix du « réseau » à AUTEUIL 15.28, mais elle répondait à la plupart de ses questions. Des silences et des grésillements de temps en temps, et, chaque fois, il croyait que la communication était coupée, et puis la voix de Rose-Marie Krawell était plus nette, avant de se perdre de nouveau. Qu'était devenu Guy Vincent? « Il est reparti définitivement en Amérique, mon chéri. » Elle l'appelait « mon chéri » ou « mon petit ». Et elle lui avait dit: « Et toi, mon petit, qu'est-ce que tu deviens? » Et à l'instant de lui répondre, la communication s'était interrompue.

Le soir tombait et ils étaient arrivés à la porte de Châtillon. Il lui demanda où il devait la conduire.

« À l'appartement d'Auteuil. »

Elle poussa un soupir. Cette perspective ne semblait pas la réjouir. Elle avait dit « l'appartement d'Auteuil » comme elle aurait dit: « Au bureau. »

«Mais la semaine prochaine, je m'installe définitivement dans la maison.»

Elle se tourna vers lui et le fixa d'un regard triste.

«Je suppose que tu ne viendras jamais me voir là-bas.»

C'était la première fois qu'elle le tutoyait. Il ne répondit rien.

«Je te préviendrai si je retrouve quelque chose qui pourrait t'intéresser dans la maison.»

À nouveau il ne répondit rien. Cette phrase qu'elle avait prononcée sur un ton naturel, le ton de la conversation courante, provoqua chez lui une brusque inquiétude.

Il l'accompagna jusqu'à la porte de l'immeuble, mais elle lui prit le bras.

« Tu ne veux pas marcher un peu ? »

Ils remontaient la rue, comme il l'avait fait, l'autre après-midi, quand il avait croisé le docteur Rouveix.

« Camille m'a dit que vous êtes allés un soir à l'hôtel Chatham, dans le bureau de Guy Vincent. »

Elle avait dit : « le bureau de Guy Vincent » d'un ton ironique et elle eut un bref éclat de rire.

« Tu sais, il n'y a jamais eu de bureau de Guy Vincent. »

Elle se tut. Elle semblait soucieuse. Il pensa qu'elle cherchait ses mots et qu'elle allait lui annoncer une mauvaise nouvelle : « Je ne voulais pas te faire de peine, mais Guy Vincent est mort. » Et il est vrai que cela lui aurait fait de la peine. Un dernier lien se serait rompu et une période de son passé aurait été définitivement engloutie, tandis que, lui, il resterait seul et orphelin sur le rivage. Mais orphelin de quoi ? Il n'aurait pas pu répondre de manière précise à cette question.

« Guy Vincent a disparu depuis longtemps... Il est reparti en Amérique... Il doit vivre là-bas sous un autre nom. »

Il fut tenté de la remercier pour cette si bonne nouvelle. Et d'ailleurs, elle le confirmait dans ce qu'il avait toujours cru.

*

Ils suivaient maintenant la rue en sens inverse, comme ces personnes qui ne veulent plus se quitter et se raccompagnent tour à tour à leur domicile. Et cela n'en finit pas.

« Il paraît que tu aurais été le témoin de quelque chose, il y a quinze ans, dans cette maison de la rue du Docteur-Kurzenne. »

Elle s'était arrêtée et le regardait droit dans les yeux.

« Ces imbéciles... je veux parler de Michel de Gama, René-Marco, et même de mon mari... ont cherché à entrer en contact avec toi. »

Elle le prenait de nouveau par le bras, qu'elle serrait plus fort. Et, en baissant la voix :

« Ils nous ont demandé, à Camille et à moi, de leur servir d'intermédiaires. »

Il ne comprenait pas encore très bien, mais il espérait vraiment qu'elle allait mettre les choses au clair.

« Ces trois imbéciles ont connu Guy Vincent quand ils étaient très jeunes... à la Centrale de Poissy. »

Elle hésitait à poursuivre, comme si elle était honteuse de lui donner ces détails. Il aurait voulu la rassurer. Avec lui, Bosmans, il ne fallait pas avoir de tels scrupules.

«À leur sortie de prison, Guy Vincent les a aidés. Mon mari et de Gama lui ont plus ou moins servi de chauffeurs ou de garçons de courses. C'était à peu près l'époque où tu as vécu dans cette maison. Ils veulent te demander si tu as été le témoin de quelque chose qui s'est passé dans cette maison.»

Mais oui, il avait compris. Ce n'était vraiment plus la peine qu'elle mette les choses au clair. Ils étaient arrivés devant l'immeuble.

«Ils cherchent simplement à te poser des questions. Ce sont des naïfs et des imbéciles. Ils croient que tu vas leur indiquer où se trouve l'île au trésor.»

Elle avait rapproché son visage du sien.

«J'espère qu'ils ne te feront pas de mal. Sois prudent tout de même.»

Elle lui effleura la joue de ses lèvres et passa doucement une main sur son front. Avant que la porte de l'immeuble ne se referme, elle lui fit un signe d'adieu.

Il se dirigea vers la station de métro Porte d'Auteuil. Il attendait le feu rouge pour traverser le boulevard et se trouvait devant la terrasse vitrée du restaurant Murat. Il était onze heures du soir et il ne restait que très peu de clients. À une table de la terrasse, juste derrière la vitre, il remarqua trois hommes. Il reconnut aussitôt Michel de Gama et René-Marco Heriford. Le troisième, il le voyait de profil.

Alors, pris d'un vertige, il entra dans le restaurant et se planta devant leur table.

Michel de Gama eut un léger sursaut, mais lui sourit : « Quel bon vent vous amène ? »

Il lui désigna les deux autres.

« Je crois que vous connaissez René-Marco. Lui, c'est Philippe Hayward, le mari de Martine. C'est drôle, nous parlions justement de vous. Je disais à mes amis que vous êtes insaisissable. »

Ils le considéraient tous les trois en silence.

« Vous avez laissé Camille là-bas, dans l'appartement ? demanda Michel de Gama d'un ton ironique. Asseyez-vous. »

Mais il restait là, debout devant leur table. Il ne pouvait plus faire un mouvement, comme dans les mauvais rêves. René-Marco et Philippe Hayward ne le quittaient pas du regard.

« Asseyez-vous. Cela fait longtemps que nous avons quelques questions à vous poser. Et j'espère que vous allez y répondre. Vous êtes un garçon qui a certainement beaucoup de mémoire et je compte sur vous pour nous renseigner. »

Michel de Gama l'avait dit d'une voix sèche, comme s'il lui donnait des ordres ou lui lançait des menaces. Et, tout à coup, il sentit que la paralysie se dissipait et qu'il retrouvait peu à peu son agilité.

« Attendez… je reviens… »

Et d'un pas souple, il se dirigea vers la sortie du restaurant. Sur le seuil, il se retourna. Les trois autres le regardaient, les yeux écarquillés. Il fut tenté de leur faire un bras d'honneur.

Au moment où il traversait le boulevard, il vit que Michel de Gama courait derrière lui. Il se demanda s'il était armé. Il courut à son tour et s'engouffra dans la station. Il dévala les escaliers et il eut la chance de tomber tout de suite sur une rame de métro.

*

De retour dans la chambre du quai de la Tournelle, il fut soulagé de se retrouver sur l'autre rive de la Seine. Il s'allongea sur le lit. Que pouvait bien faire Camille en ce moment, à Bordeaux ou ailleurs ? Un bateau-mouche passait, et son faisceau de lumière projetait des reflets en forme de treillages sur le mur, des reflets qu'il avait vus souvent glisser dans son enfance sur un mur sem-blable et au passage du même bateau-mouche. Mais un autre souvenir de cette époque remontait au grand jour, comme les fleurs étranges qui apparaissent à la surface des eaux dormantes.

Il entendait de nouveau Martine Hayward lui dire de sa voix un peu rauque : « Il paraît que tu aurais été le témoin de quelque chose, il y a quinze ans. » C'était le dernier jour dans la maison de la rue du Docteur-Kurzenne. D'une fenêtre du premier étage qui donnait sur la petite cour, il voyait deux hommes penchés sur le puits, dont l'un tenait une torche électrique. Un autre avait inspecté les jardins en espalier et venait les rejoindre. Ils avaient fouillé chaque pièce de la maison, et même sa chambre d'enfant. Dans la voiture noire qui attendait devant la maison, un gendarme en uniforme était au volant, mais les autres portaient des vêtements de tous les jours. Sauf eux, il n'y avait plus personne dans la maison : ni Rose-Marie Krawell, ni Guy Vincent, ni ceux dont il avait retrouvé les noms beaucoup plus tard et qu'il avait croisés régulièrement dans cette maison. Annie, Jeannette Coudreuse, Jean Sergent, Suzanne Bouquereau, Denise Bartholomeus, Mme Karvé, Eliott Forrest... Les années avaient passé, et quand il se souvenait de ce jour-là, il s'étonnait que les policiers ne l'aient pas interrogé.

Il se tenait dans le couloir et il avait surpris l'un d'eux qui descendait du deuxième étage et qui avait certainement fouillé la chambre à la lucarne, là où dormait souvent Annie. L'homme lui avait tapoté l'épaule en lui disant : « Qu'est-ce que tu fais là, mon garçon ? » Puis il était allé rejoindre les autres. Lui non plus, il ne lui était pas venu l'idée de l'interroger. De toute façon, il ne lui aurait rien répondu. C'était sans doute à partir de ce jour-là que Bosmans avait pratiqué, sans en avoir encore clairement conscience, l'art de se taire.

On avait fait des travaux de maçonnerie, à la fin de cet hiver-là, sur le mur de droite de la chambre à la lucarne. Un après-midi, par la porte entrebâillée, il les avait vus qui creusaient un grand trou dans le mur. Mais il n'avait pas osé entrer. De sa chambre à lui, il avait entendu, pendant plusieurs jours, des coups de marteau, et le bruit de gravats qui s'effondraient.

Une nuit, quand tout le monde dormait, il s'était glissé dans le couloir et il était monté au deuxième étage. La chambre à la lucarne était fermée à clé. Quelques jours plus tard, après le déjeuner, sans attirer l'attention de personne, il était entré dans la chambre. Le mur était lisse et blanc comme il l'avait toujours été. Plus aucune trace du grand trou qu'ils avaient creusé dans le mur derrière lequel il imaginait une chambre secrète.

Guy Vincent habitait la maison pendant toute cette période. Il occupait la grande chambre de Rose-Marie Krawell, au premier étage. Des gens venaient le voir, qui garaient leurs voitures rue du Docteur-Kurzenne, mais repartaient sans passer la nuit dans la maison. Bosmans ne se souvenait d'aucun de leurs visages. D'ailleurs, il était à l'école la plupart du temps. C'était Guy Vincent, apparemment, qui dirigeait les travaux dans la chambre à la lucarne. Il avait entendu sa voix à plusieurs reprises quand il traversait le couloir, mais il n'avait jamais osé monter, bien qu'il sût que Guy Vincent ne le gronderait pas.

Et puis, un samedi où il n'allait pas à l'école, il avait vu, de la fenêtre de sa chambre, une camionnette bâchée s'arrêter devant la maison. Deux hommes en sortaient et déchargeaient des caisses et de grands sacs de toile. Derrière la porte de sa chambre, il les entendait monter lentement, avec ces caisses et ces sacs, jusqu'à la chambre à la lucarne. Ils faisaient plusieurs allers-retours. Les jours suivants, les travaux de maçonnerie n'avaient pas cessé.

*

Il était toujours allongé sur le lit et il avait éteint la lampe de chevet. Camille avait oublié sur la table de nuit la petite boîte rose qu'elle ouvrait de temps en temps pour y prendre une pilule qu'elle avalait en rejetant brusquement la tête en arrière. Il espérait qu'à Bordeaux ou ailleurs elle ne serait pas en état de manque. Et puis, il se répétait la phrase de Martine Hayward : « Ce sont des naïfs et des imbéciles. Ils croient que tu vas leur indiquer où se trouve l'île au trésor. » Il avait presque pitié d'eux. Encore une fois, les reflets en forme de treillages glissaient sur le mur. Le bateau-mouche était de retour. Il revoyait un autre mur, lisse et blanc, celui de la chambre à la lucarne. « Qu'est-ce que tu fais là, mon garçon ? » lui avait dit le policier. Et lui, il savait à quel endroit précis on avait creusé le grand trou et entrepris les travaux de maçonnerie, mais on ne pensait pas à écouter le témoignage des enfants, en ce temps-là.

Nice, un mois de décembre. Mais il hésitait sur l'année. 1980? 1981? Il se souvenait que la pluie tombait sans interruption depuis une dizaine de jours. Il avait pris un taxi pour le conduire vers le centre. À la hauteur du square Alsace-Lorraine, le chauffeur, qui était resté silencieux jusque-là, lui dit brusquement:

«J'ai toujours le cafard quand je passe par ici.»

Sa voix était rauque, et son accent parisien. Un brun, dans la quarantaine. Bosmans avait été surpris par cette confidence. L'homme avait arrêté le taxi à la lisière du square.

«Vous voyez l'immeuble, à gauche?»

Il lui désignait un immeuble dont l'une des façades donnait sur le square et l'autre, sur le boulevard Victor-Hugo.

«J'étais pendant deux ans le chauffeur d'une dame. Elle est morte ici dans un petit appartement au troisième étage.»

Bosmans ne savait quoi lui répondre. Enfin:

« Une dame qui habitait Nice depuis longtemps ? »

Le taxi suivait le boulevard Victor-Hugo. L'homme conduisait lentement.

« Oh, monsieur… C'est compliqué. Elle habitait Paris quand elle était jeune… Puis elle est venue sur la Côte d'Azur… D'abord, à Cannes, dans une grande villa à la Californie… Puis, à l'hôtel… et puis square Alsace-Lorraine, dans ce tout petit appartement.

— Une Française ?

— Oui. Tout à fait française, même si elle portait un nom étranger.

— Un nom étranger ?

— Oui. Elle s'appelait Mme Rose-Marie Krawell. »

Bosmans pensa qu'une dizaine d'années auparavant ce nom l'aurait fait sursauter. Mais, depuis, les rares instants où certains détails de ses vies précédentes se rappelaient à lui, c'était comme s'il ne les voyait plus qu'à travers une vitre dépolie.

« Les derniers temps, je restais à l'attendre dans la voiture, devant l'immeuble. Elle ne voulait plus sortir de son appartement.

— Pourquoi ?

— Ce genre de jolies femmes ne supportent pas de vieillir.

— Et vous croyez qu'il n'y a que les jolies femmes qui ne supportent pas de vieillir, monsieur ? »

Bosmans, en disant cela, s'était efforcé de rire, mais d'un rire nerveux.

« Elle ne voulait plus voir personne. Si je n'avais pas été là, elle se serait laissée mourir de faim.

— Et M. Krawell ? »

Le chauffeur se tourna vers Bosmans. Sans doute était-il surpris qu'il ait retenu le nom.

« Son mari était mort depuis longtemps. Elle avait hérité de lui beaucoup d'argent.

— Et vous savez ce que faisait ce M. Krawell ?

— Un énorme commerce de fourrures. Ou quelque chose comme ça. Mais c'était il y a très longtemps, monsieur. Avant et pendant la guerre. »

Bosmans n'avait jamais entendu parler dans son enfance de cet homme. Et d'ailleurs comment aurait-il pu se demander à cet âge-là si un M. Krawell existait ?

« Le plus triste, c'est qu'à la fin de sa vie, elle était très mal entourée. »

Il avait déjà entendu cette expression dans la bouche de quelqu'un.

« Mal entourée ?

— Oui, monsieur. Par des personnes qui en voulaient à son argent. Cela arrive souvent ici, avec les anciennes jolies femmes.

— Les anciennes jolies femmes ?

— Oui, monsieur. »

Ainsi, Rose-Marie Krawell était une ancienne jolie femme. Ce qualificatif ne serait pas venu à l'esprit de Bosmans du temps de la rue du Docteur-Kurzenne.

« Vous m'aviez dit que vous alliez dans le centre. Je

vous dépose devant l'hôtel des Postes, monsieur? Cela vous ira?

— Oui », répondit machinalement Bosmans.

Le chauffeur s'arrêta devant l'hôtel des Postes et se tourna de nouveau vers Bosmans.

« Je peux vous montrer une photo? »

Il la sortit d'un portefeuille et la tendit à Bosmans.

« C'est une photo de Mme Krawell quand elle était très jeune avec son mari et un ami, à Èze-sur-Mer. Mme Krawell me l'avait donnée. »

Ils étaient assis tous trois à une table de la terrasse d'un restaurant de plage. Bosmans ne reconnaissait pas Rose-Marie Krawell. Une très jeune femme, en effet. Seul le regard était le même que celui qui se posait sur lui dans une autre vie. Il reconnut tout de suite Guy Vincent. Le troisième, plus âgé, le visage long et étroit, les cheveux noirs plaqués en arrière, une moustache très fine, ce devait être M. Krawell. Le chauffeur reprit la photo, délicatement, entre pouce et index, et la remit avec précaution dans son portefeuille.

« Excusez-moi de vous avoir peut-être importuné... Mais chaque fois que je passe devant le square Alsace-Lorraine... »

En sortant du taxi, Bosmans était si troublé qu'il ne savait où guider ses pas. Après de nombreux détours, il se retrouva beaucoup plus tard place Garibaldi, sans s'être rendu compte de tout le chemin qu'il avait parcouru. Il avait marché pendant près d'une heure, sous la pluie.

Les mots: «Attendez… je reviens», sans jamais tenir sa promesse, il allait souvent les prononcer par la suite et, chaque fois, ils marqueraient une cassure dans sa vie. Les nuits qu'il passait seul quai de la Tournelle, l'image de ces individus attablés derrière la vitre du restaurant, et celle de Michel de Gama le poursuivant tandis qu'il s'engouffrait dans la station de métro, ces images surgirent deux ou trois fois dans ses rêves. Il y aurait des fuites et des ruptures semblables au cours des années suivantes, et elles pouvaient se résumer en deux phrases qu'il se répétait: «La plaisanterie a assez duré», mais surtout: «Il faut couper les ponts.» Et sa vie, pendant longtemps, suivrait ce rythme saccadé.

Camille ne donnait plus de ses nouvelles. Il semblait à Bosmans qu'elle avait laissé derrière elle, dans la chambre, une odeur d'éther, cette odeur à la fois fraîche et lourde qui lui était familière depuis son enfance. L'été avait commencé. Le 1er juillet, il se leva vers sept heures du matin. Il rassembla dans un sac de voyage le peu de vêtements qui étaient les siens. Et, du quai de la Tournelle, il marcha jusqu'à la gare de Lyon par l'une de ces matinées radieuses qui vous font tout oublier.

Aux guichets de la gare, il prit un ticket de seconde classe pour Saint-Raphaël. Le train partait à neuf heures quinze. C'était le premier jour des vacances et il n'y avait plus aucune place libre dans les compartiments. Il restait, debout, dans le couloir et quand il vit défiler en contrebas les immeubles de la petite rue Coriolis il eut l'impression qu'il y laissait quelque chose de lui-même et qu'il quittait Paris pour toujours.

À Saint-Raphaël, un car le mena, en suivant le bord de mer, puis des routes en lacets qui lui semblèrent des routes de montagne, dans un village du massif des Maures. La nuit était tombée et il trouva une chambre à louer sur la place, au-dessus du café. Bientôt, la lumière du café s'éteignit et ce fut le silence. Plus personne ne viendrait le chercher ici, ni Michel de Gama, ni René-Marco Heriford, ni Philippe Hayward, ces trois « imbéciles », comme disait Martine Hayward, et dont il pensait, lui, qu'ils pouvaient être dangereux, comme la plupart des imbéciles.

Avant de s'endormir, il essaya de récapituler les différentes péripéties de ces derniers mois. L'appartement d'Auteuil, la vallée de Chevreuse et la rue du Docteur-Kurzenne lui parurent soudain des régions lointaines. Il eut une crise de fou rire à la pensée que ces trois « imbéciles » allaient se rendre, d'un jour à l'autre, dans la maison qu'avait louée Martine Hayward et tenteraient de découvrir la cachette où Guy Vincent avait enfoui son trésor. Si les policiers y avaient échoué quinze ans auparavant, ces demi-sel ne feraient pas mieux, à moins de défoncer au marteau-piqueur tous les murs de la maison. Ils devaient penser qu'ils jouaient là «leur dernière carte», mais, de «cartes», il suffisait de voir leurs têtes pour comprendre qu'ils n'en avaient jamais eu de bonnes dans leur vie.

Il se réveilla très tôt ce matin-là. Le café n'était pas encore ouvert sur la petite place déserte. Il marcha dans le village endormi et passa devant la poste. Il eut envie de leur envoyer un télégramme à l'adresse de l'hôtel Chatham ou de l'appartement d'Auteuil:

BON COURAGE. SURTOUT PRÉVENEZ-MOI
QUAND VOUS AUREZ TROUVÉ.

Mais la poste n'ouvrait que de trois heures à cinq heures de l'après-midi, et ils sauraient d'où le télégramme avait été envoyé. Ils viendraient le chercher ici et le ramèneraient de force à Paris.

On avait disposé quelques tables devant le café, et il s'assit à l'une d'elles. Après ces mois d'incertitude, il se dit qu'il resterait une longue saison dans ce village et qu'il prendrait le car, de temps en temps, pour se baigner sur les plages du golfe.

Il avait emporté dans son sac de voyage un bloc de papier à lettres. Au début d'un après-midi de grande chaleur, il était assis à l'une des tables du café, sur la petite place, à l'ombre, et il écrivit une première phrase qui serait peut-être celle d'un roman. Puis il rédigea quelques notes, au hasard. Il aurait aimé rendre compte de ce qu'il avait vécu ces derniers temps. Au bout de quinze ans, des souvenirs d'enfance que vous aviez oubliés jusqu'ici vous reviennent, et vous êtes un amnésique qui retrouve un peu de mémoire. Cela, vous le devez à certaines personnes dont vous ignoriez l'existence et qui vous recherchaient parce qu'elles savaient, elles, que quinze ans plus tôt vous aviez été le témoin de quelque chose. Quinze ans, c'est déjà beaucoup, et un laps de temps suffisant pour que les autres témoins aient disparu. Mais ces personnes qui ont besoin de votre témoignage n'ont pas les mêmes raisons que vous de partir à la recherche du temps perdu. Il y a entre ces «imbéciles» et vous un certain quiproquo. Et vous ne pouvez pas vraiment vous entendre avec eux et leur servir de guide, bien que vous vous engagiez les uns et les autres sur les mêmes pistes du passé.

Un matin, très tôt, il prit le premier car qui descendait vers le golfe et le déposa à La Foux. Puis il marcha le long de la route des plages et déboucha bientôt sur celle de Pampelonne.

En ce début de juillet lointain, la plage était encore déserte à cette heure-là. Il se baigna et s'allongea sur le sable, à proximité d'une rangée de cabanes en bambou et de quelques tables, chacune abritée par un parasol. D'une cabane plus grande, faisant office de bar, sortit un homme qui marcha vers lui, un homme d'une cinquantaine d'années, vêtu d'une chemise hawaïenne et d'un short rouge.

Il passa devant lui en le dévisageant, et Bosmans crut qu'il allait poursuivre son chemin. Mais, après quelques pas, il se retourna et revint vers lui.

« Elle est bonne ?

— Très bonne.

— L'heure idéale pour se baigner. »

Il avait froncé les sourcils.

« Mais je vous connais… Nous nous sommes vus avec Camille Lucas… »

Et Bosmans le reconnut lui aussi. Un homme que Camille lui avait présenté sous le titre et le nom de « docteur Robbes » et avec lequel ils avaient déjeuné deux ou trois fois au Wepler. Il les avait invités chez lui, dans une petite rue qui débouchait sur le bois de Boulogne. Bosmans hésita un instant. Il aurait aimé couper court et lui dire : « Non, monsieur, vous faites erreur », mais il eut un scrupule à lui mentir. Cet homme, au cours de leurs rencontres, lui avait paru exercer une bonne influence sur Camille. Un homme très courtois, aux vêtements stricts et au visage rassurant de notaire ou de pharmacien de province, ou même de professeur d'université. Il n'avait pas très bien compris dans quelles circonstances Camille l'avait connu, mais certainement pas dans l'entourage de Michel de Gama, René-Marco Heriford ou Philippe Hayward.

« Docteur Robbes ?

— Mais oui. »

Bien sûr, sa chemise hawaïenne et son short rouge lui donnaient une autre allure que celle très discrète qu'il avait à Paris.

Bosmans s'était levé et lui avait serré la main.

« Et Camille ?

— Elle est à Paris, mais elle viendra bientôt me rejoindre. »

Pourquoi avait-il dit cela ?

« Je serais ravi de la voir. Venez déjeuner avec nous quand vous voudrez. N'importe quel jour vers une heure. Avec Camille ou tout seul. Là-bas, vous voyez? »

Et il lui désignait la rangée de cabanes en bambou et les tables.

Il lui serrait la main et s'éloignait en direction des cabanes. Au bout de quelques mètres, il se retourna :

« On est bien ici, non? Vous connaissez le vers de Rimbaud : "Viens, les vins vont aux plages"… ? »

Et il lui fit un large signe du bras.

*

« Venez déjeuner avec nous. » Bosmans se demanda ce qu'il avait voulu dire par ce « nous ». Ses amis? Et il regretta que Camille ne fût pas sur cette plage, avec la perspective pour eux de déjeuner « n'importe quel jour à une heure » en compagnie du docteur Robbes. Et de lui parler de Rimbaud.

Il ne savait pas très bien quels étaient les liens exacts de Camille et du docteur Robbes. Elle lui avait confié que le docteur Robbes « rendait service à beaucoup de gens ». Il lui faisait des ordonnances d'un médicament qui devait corriger les effets nocifs des pilules qu'elle prenait dans leurs petites boîtes roses – du moins c'était ce qu'il avait compris. Et Camille appelait le mélange de ce médicament et de ces pilules un « panaché ».

Et où avait-elle connu le docteur Robbes? Dans le laboratoire pharmaceutique qu'il dirigeait, à l'occasion de travaux de comptabilité qu'elle y avait effectués, disait-elle.

Il quitta la plage au début de l'après-midi, l'heure où les estivants y venaient de plus en plus nombreux. Il suivit le même chemin en sens inverse jusqu'à La Foux, où il attendit le car qui le ramènerait au village.

Non, il n'était pas très prudent de se baigner à Pampelonne et de revoir le docteur Robbes. Ni Camille, d'ailleurs. Il n'avait pas assez confiance en elle pour lui dire de le rejoindre ici. Elle risquait de prévenir les autres. Mais il existait des plages tranquilles et secrètes dans le golfe où l'on pouvait, à l'abri de tout, se laisser glisser jusqu'au cœur de l'été.

Le matin, au village, il continuait d'écrire son livre, dans la chambre ou dehors, sur l'une des tables du café. Le livre portait un titre provisoire: *Le Noir de l'été.* En effet, il y avait un contraste entre la lumière du Midi et celle des rues de Paris où évoluaient les personnages troubles qu'il avait connus. Au fil des pages, il les faisait glisser dans un monde parallèle où il n'avait plus rien à craindre d'eux. Il n'avait été qu'un spectateur nocturne qui finissait par écrire tout ce qu'il avait vu, deviné ou imaginé autour de lui.

Il se demandait s'il aurait pu commencer son livre à Paris, dans la chambre du quai de la Tournelle. Cela lui aurait été difficile sous la menace constante de ces trois «imbéciles» dont la dernière image le hantait: tous trois, réunis derrière la vitre, la nuit, et l'un d'eux le poursuivant jusqu'à la station de métro.

Il serait volontiers demeuré dans le Midi jusqu'à la fin de l'été à écrire sur des pages blanches, de son stylo à l'encre bleue. Ce soleil et cette lumière lui permettaient d'y voir plus clair et de ne pas se perdre, comme à Paris. Mais il ne lui restait plus d'argent.

Il fut tenté de retourner sur la plage de Pampelonne et de retrouver le docteur Robbes. Il lui expliquerait sa situation, et peut-être cet homme l'aiderait-il à rester plus longtemps dans la région. Il renonça vite à cette perspective. Il fallait se débrouiller sans l'appui de personne, et la solitude était la condition nécessaire pour achever son livre. Il craignait que le docteur Robbes ne lui parle de Camille et ne lui propose de la faire venir, ce qu'il voulait éviter, sachant bien que la présence de Camille risquait de le ramener à son ancienne vie.

Il prit un train pour Paris, après le 15 août. Le train partait très tôt et les compartiments, contrairement à l'aller, étaient à moitié vides. Le soir, à la gare de Lyon, dès qu'il mit le pied sur le quai, il eut l'impression d'arriver pour la première fois dans une ville, tout en connaissant la moindre de ses rues. Il avait presque achevé son livre, et dans ce livre il s'était débarrassé de tout le poids et de la noirceur de ces dernières années.

Il lui restait vingt centimes, et cela ne suffisait pas pour un ticket de métro, mais contribuait à la sensation de légèreté qu'il éprouvait. Il traversa la Seine et, par l'avenue d'Italie, il gagna les quartiers du sud. De temps en temps, il s'asseyait sur un banc et regardait, tout autour de lui, les passants, les façades d'immeubles et les quelques rares voitures qui circulaient.

Il marcha jusqu'à la rue de la Voie-Verte, après le parc Montsouris et la Tombe-Issoire, et, là, il entra dans un petit hôtel où il avait déjà séjourné. Il retrouva l'ancien ascenseur, et la chambre ressemblait beaucoup à celle qu'il avait habitée dans le village des Maures. Quand il ouvrit la fenêtre et les volets verts à cause de la chaleur, la nuit d'août était la même à Paris que là-bas.

*

Le lendemain matin, il se leva tôt. La veille, en rangeant ses vêtements dans le placard étroit de la chambre, il avait découvert, au fond d'une poche d'un pantalon, un billet de cinq francs. Il prit le métro et descendit à la station Franklin-Roosevelt.

Il portait au poignet, depuis l'année précédente, une montre d'une certaine valeur qu'il avait trouvée dans le tiroir de la table de nuit d'une chambre de l'hôtel Roma, rue Caulaincourt. C'était l'hiver où il avait fait la connaissance de Camille Lucas dite « Tête de mort ». Était-ce sous son influence ? Mais il n'avait pas remis la montre à la réception et l'avait gardée pour lui.

Avant d'entrer dans le mont-de-piété de la rue Pierre-Charron où il avait accompagné Camille à deux ou trois reprises – elle y déposait des bijoux de fantaisie et elle était chaque fois déçue de la somme qu'on lui versait en échange –, il ôta la montre de son poignet. Au guichet, on lui en donna quatre cents francs. Un an plus tard, quand son livre fut publié, il se présenta de nouveau rue Pierre-Charron pour reprendre la montre et l'apporter à l'hôtel Roma, où l'on saurait sans doute le nom du client qui l'avait égarée, mais il était trop tard. Il avait dépassé de quelques semaines le délai. Cinquante ans après, il en éprouvait encore du remords, car cette montre volée et perdue lui rappelait le curieux jeune homme qu'il avait été.

*

Il achevait son livre dans la chambre d'hôtel de la rue de la Voie-Verte et ne quittait plus le quartier. Ce Paris vide et somnolent du mois d'août était en harmonie avec son état d'esprit, comme les plages cachées qu'il avait découvertes en juillet. Il aurait aimé que l'été ne finisse jamais; lui, il continuerait d'écrire dans la chaleur et la solitude.

Était-ce vraiment la solitude? Très tôt le matin, et le soir, il marchait dans l'une de ces zones: la Tombe-Issoire, Montsouris, la rue Gazan, l'avenue Reille, où l'on sentait si bien l'été à Paris qu'on finissait par s'y fondre et qu'il n'était plus question de solitude. Il suffisait simplement de se laisser flotter au hasard des rues.

Un soir qu'il longeait le parc Montsouris, il entra dans une cabine téléphonique et composa le numéro de l'hôtel du quai de la Tournelle. Il téléphonait d'une île perdue au fond de l'été.

« Pourrais-je parler à Mlle Lucas?

— À qui? Répétez-moi le nom, monsieur. »

Il fut étonné que la voix de son correspondant fût si claire, venant de si loin. Il répéta le nom.

« Nous n'avons plus de ses nouvelles. Depuis un mois. Elle ne nous a même pas prévenus de son départ. »

L'homme raccrocha. Il s'y attendait. C'était dans l'ordre des choses. Depuis qu'il avait pris le train le 1er juillet pour le Midi, il avait la certitude qu'après cet été-là plus rien ne serait pour lui comme avant. Et cette certitude était encore plus forte à son retour. L'été avait effacé tous les mois précédents, comme une photo exposée au soleil se voile peu à peu. La ville qu'il retrouvait lui donnait une impression à la fois d'absence et d'attente, ou plutôt de temps suspendu. Il était délivré d'un poids qu'il se croyait condamné à porter sur ses épaules toute sa vie.

Il avait téléphoné plusieurs fois à l'appartement d'Auteuil, mais personne ne répondait. Où se trouvaient Kim et l'enfant ? Et ce fut dans la même cabine, à la lisière du parc Montsouris et sous les ombrages des arbres, qu'une fin d'après-midi il composa le numéro de l'hôtel Chatham.

« Pourrais-je parler à M. Michel de Gama ?

— Quel numéro de chambre, monsieur ? »

La voix de l'homme était aimable, et même veloutée.

« Il n'a pas de numéro de chambre. Il fait partie de la direction.

— De la direction ? Mais, monsieur, je ne comprends pas... »

Le ton était plus sec.

« Je veux dire qu'il est associé à la direction de cet hôtel avec un monsieur Guy Vincent.

— Associé ? Attendez un instant, je vous passe le directeur. »

Il attendit quelques minutes au cours desquelles il

eut envie de raccrocher. En entrant dans la cabine téléphonique, il avait eu le vague pressentiment qu'on lui répondrait de cette manière, et c'était pour en avoir la confirmation qu'il avait composé le numéro.

« Qu'est-ce que vous voulez exactement, monsieur ? »

L'homme avait une voix plus grave que le précédent avec un accent du Sud-Ouest.

« Je voudrais parler à Michel de Gama, l'un des directeurs de l'hôtel avec M. Guy Vincent.

— Vous plaisantez, monsieur. Je ne connais pas du tout ces deux individus. Le seul directeur de l'hôtel, c'est moi.

— Vous êtes bien sûr que vous ne connaissez pas Michel de Gama ? Cela m'étonne beaucoup. J'ai l'impression que vous me cachez quelque chose.

— Mais non, monsieur. Au revoir, monsieur. »

Et l'homme raccrocha.

Bosmans sortit de la cabine téléphonique et marcha le long du boulevard Jourdan. C'était bien ce qu'il avait prévu et il ne put réprimer un éclat de rire, ce qui l'aurait beaucoup étonné quelques mois auparavant. Il se souvint du café de Saint-Lazare où Camille et lui retrouvaient Michel de Gama. Et du « bureau de Guy Vincent » qui, décidément, n'était qu'un décor de musée Grévin. Et de son malaise – ou plutôt de sa peur – la nuit où Michel de Gama l'avait poursuivi à la porte d'Auteuil. Et maintenant, personne ne connaissait plus cet homme.

Une fin d'après-midi d'août, plus fraîche que la veille, et si peu de circulation que l'on entendait le bruissement des feuillages. Il longeait la Cité universitaire. Les étudiants étaient sans doute partis en vacances, et les bâtiments et les pelouses devaient être déserts, sous le soleil. Il fit demi-tour et suivit la rue Gazan.

Le Pavillon du lac était ouvert, et il s'assit à une table, sur la terrasse. Il était le seul client. D'une allée du parc Montsouris, en contrebas, montaient des éclats de voix et des cris d'enfants. Les personnes qu'il avait croisées durant l'hiver et le printemps de cette année semblaient désormais si lointaines, des ombres qui se perdaient à l'horizon... Sauf les deux après-midi où il avait sonné à la porte de l'appartement d'Auteuil et où Kim lui avait ouvert, les rues de Paris de ces mois-là resteraient pour lui grises et noires elles aussi, à cause de son livre, dans lequel il s'était inspiré de ces personnes. Il leur avait volé leurs vies, et même leurs noms, et elles n'existeraient plus qu'entre les pages de ce livre. Dans la réalité et sur les trottoirs de Paris, on n'avait plus aucune chance de les rencontrer. Et puis, l'été était venu, un été comme il n'en avait jamais connu auparavant, un été à la lumière si limpide et si brûlante que ces fantômes avaient achevé de s'évaporer.

Il téléphona aux renseignements pour savoir quel était le numéro de la maison de la rue du Docteur-Kurzenne. Le même numéro que du temps de Rose-Marie Krawell et de Guy Vincent? Il rêva un instant qu'il les aurait l'un ou l'autre «au bout du fil», comme on disait à cette époque-là. Après tout, vous pouviez rêver d'une ligne que le temps aurait épargnée et grâce à laquelle vous rentriez en contact avec ceux dont vous aviez perdu la trace.

Les sonneries se succédaient sans que personne réponde. Le téléphone était-il toujours dans la grande chambre du premier étage, là où il avait entendu Rose-Marie Krawell dire: «Guy vient de sortir de prison»? Quand Guy Vincent occupait cette chambre, Bosmans avait remarqué que le téléphone y sonnait souvent et, chaque fois que Guy Vincent répondait, la conversation était brève. Il n'avait pas besoin de parler beaucoup pour se faire comprendre. Un dimanche après-midi qu'ils étaient seuls tous les deux dans la maison, Guy Vincent lui avait dit: «Si le téléphone sonne, tu réponds et tu expliques que je suis à Paris.» Et il avait ajouté, comme s'il regrettait brusquement de lui avoir demandé un tel service: «Tu sais, ce n'est pas du tout un mensonge, c'est une blague que je fais souvent à mes amis…», mais, en définitive, Guy Vincent ne lui avait pas fait dire de mensonge, puisque le téléphone n'avait pas sonné ce jour-là.

Il composa de nouveau le numéro de la maison de la rue du Docteur-Kurzenne à la fin de l'après-midi:

«Allô… qui est à l'appareil?»

Cette fois-ci, on avait décroché très vite. Une voix d'homme, grave. Bosmans fut pris de court. Il gardait le silence.

«Vous m'entendez?»

Il dit alors d'une voix blanche:

«Je voudrais parler à Martine Hayward.»

Et le seul fait de prononcer ce nom le replongeait dans la noirceur et l'incertitude des mois précédents.

«Vous faites erreur. Ici, il n'y a aucune personne de ce nom.»

Il fut soulagé par cette réponse.

«Je croyais que cette personne avait loué la maison.

— Mais non, monsieur. Elle n'a jamais été louée. Elle est à vendre depuis un an.

— Pourtant, j'ai accompagné cette personne il y a quelques mois pour visiter la maison. Avec une dame d'une agence immobilière.»

Il avait parlé d'une voix claire et ferme. Il s'en étonnait lui-même.

«Une agence immobilière? Mais laquelle, monsieur? Pas la nôtre, en tout cas. Je suis seul à m'occuper de cette affaire.»

Il ne savait plus quoi répondre. Une phrase lui venait à l'esprit: «La femme de l'agence immobilière portait un chemisier noir», la seule indication qu'il pût donner, le seul détail qui demeurerait de cette inconnue jusqu'à la fin des temps. Mais il craignait que son interlocuteur ne crût à une plaisanterie et ne raccrochât aussitôt.

«Le contrat de location portait le nom de la propriétaire, Rose-Marie Krawell. J'ai connu, il y a très longtemps, Mme Krawell.»

Il y eut un silence. Et puis:

«Vous avez connu Mme Krawell?»

La voix de son interlocuteur avait changé d'intonation. Elle exprimait l'étonnement.

«Oui. J'ai même habité cette maison. Du temps où Mme Krawell y habitait elle-même. Il y a quinze ans de cela.»

De nouveau, un silence.

«Mais c'est très intéressant ce que vous me dites, monsieur... Je suis chargé par mon agence de m'occuper de cette maison... Et ce n'est pas facile...»

Son interlocuteur était au bord des confidences. Il suffisait peut-être de quelques mots pour l'encourager à parler.

«Pas facile? Cela ne m'étonne pas... Mme Krawell était un personnage très particulier.

— Je n'en doute pas. Elle a laissé une succession embrouillée après sa mort.

— Vraiment?

— Nous essayons depuis des mois d'éclaircir les choses. Mais cette personne était très mal entourée. Le dossier est lourd. Je vous avoue, monsieur, que je suis parfois découragé.

— Vous avez dit "mal entourée". Citez-moi des noms et cela m'aidera peut-être à vous donner quelques renseignements.

— Je peux vous faire confiance?»

Le dossier devait être bien lourd pour qu'il pose cette question de manière si spontanée, comme ces gens qui vous demandent votre aide sans vous connaître.

«Un certain M. Heriford a compliqué les choses... Lui et deux de ses amis.

— René-Marco Heriford?

— Exactement, monsieur. Vous le connaissez?

— Un peu. Et je crois deviner quels sont les deux autres: un certain de Gama et un dénommé Philippe Hayward.»

À l'instant où il prononçait leurs noms, Bosmans eut un doute sur leur existence réelle à cause du roman qu'il venait d'achever et dans lequel ces trois individus apparaissaient en arrière-plan.

«Mais oui... C'est bien cela. Heriford, Hayward et de

Gama. Je vois que vous connaissez le dossier. Votre nom, monsieur ?»

Cette question le surprit et éveilla sa méfiance. Ainsi, tout risquait de recommencer comme les mois précédents. On lui tendait de nouveau un piège. Il imagina Michel de Gama, l'oreille collée à l'écouteur, et les deux autres se tenant derrière l'agent immobilier qui était assis sur l'un des fauteuils de la grande chambre. Et de Gama indiquait à voix basse à cet homme ce qu'il devait lui dire au téléphone pour l'attirer dans la maison.

«Je m'appelle Jean Bosmans.»

Il avait prononcé cette phrase sur un ton de défi. Il avait envie d'ajouter : «Vous préciserez aux trois autres qui se trouvent à côté de vous qu'ils ne comptent pas sur moi pour leur montrer l'endroit où Guy Vincent a caché son trésor.» Mais la phrase lui sembla si désuète, si lointain le passé qu'elle évoquait, qu'il se tut.

«Oui, monsieur, comme je vous le disais, une situation très compliquée… Heriford se prétendait le filleul de Mme Krawell, et son seul héritier. Il semble qu'il ait détourné beaucoup d'argent de sa prétendue marraine et même falsifié beaucoup de ses papiers…»

Il parlait de plus en plus vite. Sans doute voulait-il se libérer une bonne fois pour toutes de ce «dossier lourd».

«La maison a été mise sous séquestre ainsi qu'un appartement dont Mme Krawell était la propriétaire dans le quartier d'Auteuil. Et nous attendons le jugement… Heriford et ses deux amis ont disparu.»

Il s'en doutait, mais c'était quand même étrange : disparus au moment même où il achevait son livre. Et Kim et l'enfant ?

« Elle était vraiment mal entourée, cette Mme Krawell. Et vous comprenez bien que cela nous complique la tâche. »

L'homme était de plus en plus loquace, comme s'il avait gardé toutes ces choses pour lui depuis trop longtemps, mais sa voix devenait peu à peu inaudible. Bosmans raccrocha. On se lasse de tout. Et ce matin-là, il avait écrit le mot « Fin » à la page 203 de son livre. Il sortit de l'hôtel et marcha en direction du boulevard Jourdan. Il n'était plus le même, désormais. Pendant qu'il rédigeait son livre et que les pages se succédaient, une période de sa vie fondait, ou plutôt se résorbait dans ces pages comme dans du papier buvard.

Disparus : tel était le mot qu'avait employé son interlocuteur au téléphone. Oui, disparus : « Heriford et ses deux amis ont disparu. »

Il ne pouvait s'empêcher de répéter cette phrase, et il avait envie de rire. S'il y réfléchissait bien, la plupart de ceux qu'il avait connus ces quinze dernières années avaient disparu : Guy Vincent, Rose-Marie Krawell, tant d'autres, et il avait suffi d'un été pour que disparaissent aussi, de manière subite, Heriford, de Gama, Philippe et Martine Hayward, Camille Lucas dite « Tête de mort »… Bref, tous les fantômes dont il s'était inspiré pour écrire son livre.

Il s'agissait de rencontres fugaces et hasardeuses, de

sorte qu'il n'avait pas eu le temps d'en apprendre beaucoup sur ces gens et qu'ils resteraient enveloppés d'un certain mystère, au point que Bosmans finissait par se demander s'ils n'étaient pas des êtres imaginaires.

Au cours des années suivantes, on lui avait donné des détails qu'il ignorait sur quelques personnages de ses romans, à cause de leurs noms. Cela prouvait qu'entre la vie réelle et la fiction existaient des frontières confuses. Ainsi, un inspecteur de ce qu'on appelait la Brigade mondaine lui avait écrit qu'il était un lecteur de ses livres et qu'il avait trouvé dans des archives de police des traces, précisément, de René-Marco Heriford et de ses deux amis, Michel de Gama et Philippe Hayward. À vrai dire, très peu de chose. Trois jeunes garçons qui fréquentaient, le printemps et l'été 1944, les cafés autour de la gare Saint-Lazare avaient été interpellés à cause de « divers trafics ». Quelques lignes sur la main courante du commissariat de Saint-Lazare mentionnaient leurs noms. Et une fiche plus tardive, celle-ci des Renseignements généraux, indiquait qu'en septembre 1944 avaient été repérés « un certain capitaine Heriford, dont l'identité véritable n'est pas connue et qui était revêtu d'une tenue d'officier américain malgré son très jeune âge, et ses amis, Michel Degamat dit "Renato Gama" et Philippe Hayward, en uniforme F.F.I. Ces trois individus avaient déjà eu affaire à la police. Le prétendu Heriford était hébergé 18, rue Saint-Simon (VIIe) chez une dame Cholet, sa maîtresse, qui y tenait une "boutique d'antiquaire". » Oui, très peu de chose. Et de tels détails, malgré leur apparente précision, suffisaient-ils à prouver que ces trois individus avaient vraiment existé ? Disparus. Et il ne restait d'eux que des traces à moitié effacées dans son livre. Il marchait le long du boulevard Jourdan, encore plus léger qu'à son retour à Paris, dix jours auparavant. Il longeait le parc Montsouris, passait devant la gare de la ligne de Sceaux, puis le café Babel, dont il nota qu'il était plus fréquenté que les jours précédents. C'était sans doute le retour des vacances pour les habitants de la Cité universitaire. Il ne se souvenait pas d'avoir jamais respiré aussi profondément. S'il se mettait à courir, il garderait un souffle régulier pendant des centaines et des centaines de mètres, lui qui avait souvent eu le souffle court, ces dernières années.

Devant le Grand Garage du parc Montsouris était rangée une voiture décapotable de marque anglaise. Il eut envie d'y monter et de démarrer sans clé de contact, comme un camarade le lui avait appris quand il avait dix-sept ans.

Porte d'Orléans, il s'assit à la terrasse d'un café. Il avait fini son livre, et il eut, pour la première fois, cette curieuse sensation de sortir de prison après des années d'enfermement. Il imagina un homme sur qui s'ouvraient, un matin d'août ensoleillé, les portes de la Santé. Il traversait la rue, entrait dans le café en face de la prison, s'asseyait à une table, et Bosmans entendait de nouveau la petite phrase qu'il avait surprise dans son enfance et qui le poursuivrait toute sa vie : « Guy vient de sortir de prison. »

Après quelques secondes d'hésitation, et pensant toujours à cet homme, il dit au serveur qui se présentait: «Deux bières. Et les deux sans faux col, s'il vous plaît.»

Trente ans plus tard, un après-midi de printemps, il était allé chercher à la mairie de Boulogne-Billancourt un extrait d'acte de naissance qui lui était nécessaire pour un nouveau passeport. À la sortie de la mairie, il décida de marcher jusqu'à la porte d'Auteuil.

Là, en traversant le boulevard, il aperçut devant lui la terrasse vitrée du restaurant Murat. Et lui revint à la mémoire cette nuit où, au même endroit, derrière la vitre, étaient assis à la même table Michel de Gama, René-Marco Heriford et Philippe Hayward ; puis l'image de Michel de Gama le poursuivant jusqu'à la station de métro. Il n'avait pas pensé à eux depuis des années et des années, ni à cette période où il les avait connus, cette période si lointaine qu'il lui semblait que c'était un autre qui l'avait vécue.

Soudain, il se retrouva dans une rue où il n'était jamais revenu. Il s'arrêta devant l'immeuble à la porte duquel il avait laissé Martine Hayward il y a trente ans. Il n'avait plus eu de ses nouvelles, ni de nouvelles des autres. Sauf de René-Marco Heriford qu'il avait vu, quinze ans auparavant, dans le Wimpy des Champs-Élysées. Il s'était assis à côté de lui sans lui adresser la parole. Et il avait remarqué cette montre à son poignet, la même « montre de l'armée américaine » dont un inconnu lui avait dévoilé les mécanismes dans son enfance, un inconnu qui était – il en avait maintenant la certitude – Heriford lui-même.

Il entra dans l'immeuble et frappa à la porte vitrée du concierge. La porte s'entrebâilla, découvrant le visage d'un homme d'une trentaine d'années.

« Vous désirez, monsieur ?

— C'était juste pour un renseignement : M. Heriford habite-t-il toujours au troisième étage ?

— L'appartement est à louer depuis six mois, monsieur. »

Et comment cet homme aurait-il pu connaître le nom d'Heriford ? Il n'était pas né, en ce temps-là.

« À louer ? »

Il l'avait dit d'un ton si vif que l'autre avait paru surpris.

« Cela vous intéresse ? Vous aimeriez visiter l'appartement ?

— Bien sûr. »

Le concierge poussa l'un des battants vitrés de l'ascenseur pour laisser passer Bosmans et appuya sur le bouton du troisième étage.

L'ascenseur montait aussi lentement qu'il y a trente ans.

« Un ascenseur à l'ancienne, dit Bosmans.

— Oui. À l'ancienne », répéta le concierge sans avoir l'air de comprendre ce que signifiait cette expression. Bosmans se demanda ce qu'avaient pu devenir, après toutes ces années, Kim et l'enfant. Et il éprouva une telle sensation de vide qu'il crut que l'ascenseur s'arrêtait.

Mais quand ils furent arrivés sur le palier du troisième étage et que le concierge sortit la clé de sa poche et la glissa dans la serrure, Bosmans lui appuya la main sur l'épaule.

« Non… excusez-moi… Ce n'est pas la peine… »

Et avant même que l'autre ne se retournât, il dévalait l'escalier.

La nuit suivante, il fit un rêve assez long. Il dévalait de nouveau l'escalier de l'appartement d'Auteuil après avoir quitté le concierge sur le palier, comme il l'avait fait la veille. Puis il montait dans une voiture garée devant l'immeuble, celle de Martine Hayward. La clé de contact était restée sur le tableau de bord. Il suivait le même itinéraire que trente ans plus tôt avec Camille et Martine Hayward, puis avec Martine Hayward seule.

Bientôt, il sentit qu'il avait traversé une frontière et qu'il était arrivé dans la vallée de Chevreuse. Ce n'était pas à cause du paysage familier et de cette fraîcheur de l'air qui vous saisissait brusquement. Mais il entrait dans une zone où le temps était suspendu, et d'ailleurs il le vérifia, quand il s'aperçut que les aiguilles de sa montre étaient arrêtées.

À mesure qu'il avançait sur la route, il avait l'impression d'être revenu au cœur de ces après-midi d'été interminables de l'enfance où le temps n'était pas suspendu, mais tout simplement immobile, et où l'on passait des heures à regarder la fourmi tourner par saccades sur la margelle du puits.

Après Chevreuse, il fut tenté de prendre la grande allée forestière qui menait à l'auberge du Moulin-de-Vert-Cœur, mais il y renonça. L'auberge devait être envahie par la végétation de la forêt. Et surtout la chambre 16.

Encore quelques kilomètres. La distance lui parut plus courte. Il avait déjà laissé derrière lui la mairie du village et le passage à niveau. Après le jardin public qui longeait la voie ferrée, il remarqua que les volets de la petite gare étaient fermés.

Il arrêta la voiture rue du Docteur-Kurzenne. Il était bien décidé à entrer dans la maison. Que pouvait-il craindre au bout de trente ans ? Il sonna. C'était Kim qui lui ouvrait, comme elle le faisait déjà, trente ans auparavant, quand il sonnait à la porte de l'appartement d'Auteuil. Elle était toujours la même. Elle souriait et gardait le silence, telles ces personnes que vous avez connues autrefois, mais que vous n'avez plus jamais revues de votre vie. Sauf dans vos rêves. Il lui demandait où était l'enfant, mais elle ne répondait pas.

Il montait très vite l'escalier. Il voulait éviter le premier étage, celui de son ancienne chambre et de celle qu'occupaient Rose-Marie Krawell ou Guy Vincent quand ils étaient de passage dans la maison.

Il allait directement au deuxième étage et entrait dans la chambre à la lucarne. Un mur, toujours blanc et lisse, même à l'endroit précis où l'on avait fait un trou puis des travaux de maçonnerie. Cet endroit, il était désormais le seul à le connaître. Et le trésor de Guy Vincent demeurerait derrière le mur, enfoui pour l'éternité. Lingots d'or qui n'étaient que du plomb si l'on en grattait la surface. Sacs postaux remplis de liasses de billets de banque du temps du marché noir, périmés. Vieilles caisses de cigarettes américaines de ce que l'on avait appelé le trafic des blondes.

Il regardait par la lucarne. Là-bas, les plus hautes branches d'un peuplier se balançaient doucement, et cet arbre lui faisait signe. Un avion glissait en silence dans le bleu du ciel et laissait derrière lui une traînée blanche, mais on ne savait pas s'il s'était perdu, s'il venait du passé ou bien s'il y retournait.